그래도 인생은 살아볼 만해

그래도 인생은 살아볼 만해

초판 1쇄 인쇄 2024년 9월 23일
초판 1쇄 발행 2024년 9월 27일

지은이 | 김옥림
펴낸이 | 임종관
펴낸곳 | 미래북
편 집 | 정윤아
본문 디자인 | 디자인 [연:우]
등록 | 제 302-2003-000026호
주소 | 경기도 고양시 덕양구 삼원로73 고양원흥 한일 원스타 1405호
전화 031)964-1227(대) | 팩스 031)964-1228
이메일 miraebook@hotmail.com

ISBN 979-11-92073-60-6 (13800)

그래도 인생은
살아볼 만해

김옥림 지음

미래북
miraebook

젊은이들에게 보내는
시인의 편지

오늘은 하는 일마다 브레이크가 걸려도
내일은 하는 일마다 술술 잘 풀릴 것이다.

오늘은 슬프고 괴로운 일이 있어도
내일은 활짝 크게 웃게 될 것이다.

오늘은 꽉 막힌 듯 답답하여도
내일은 속이 뻥 뚫린 듯 속 시원한 날이 될 것이다.

오늘은 숨막히게 죽을 만큼 힘들어도
내일은 언제 그랬느냐는 듯 기쁜 일이 있을 것이다.

오늘은 열심히 해도 만족하지 못할지라도
내일은 뜻하지 않은 일로 만족하게 될 것이다.

비록, 내가 바라는 것들이 이뤄지지 않는다 해도
오늘 최선을 다했으므로 그것만으로도
충분히 인생을 잘 살고 있다는 방증이리니,

오늘을 즐기며 살되 스스로에게 당당한 인생이 되어라.

김옥림

단 한 번뿐인 인생,
가치 있고
멋지게 살아가기

인생을 여러 번 살 수 있다면, 이렇게도 저렇게도 살아볼 수 있겠지만 아쉽게도 누구에게나 단 한 번밖에 주어지지 않는 게 인간의 삶입니다. 이처럼 소중한 삶이고 보니 인생을 함부로 산다는 것은 스스로를 모독하는 어리석고 아둔한 일이 아닐 수 없습니다.

한 번뿐인 인생을 아름답게 살기 위해서는 나 자신을 위한 삶을 살되, 나만의 삶이 아닌 누군가가 나를 필요로 하는 삶이 되어야 합니다. 내가 아닌 사람들이 나를 통해 용기를 얻고, 꿈을 꾸고, 자신이 원하는 것을 이루고 행복할 수 있다면 얼마나 아름다운 인생인가요. 그런 인생을 살아야 참 좋은 인생이라고 할 수 있습니다.

"남을 위해 일을 할 수 있었다는 것은 어린 시절부터 나의 최대의 행복이었으며 즐거움이었다."

고전주의의 대표적인 음악가인 루트비히 판 베토벤이 한 말로, 그는 자신의 음악을 통해 많은 사람들에게 행복을 심어주었습니다. 이런 그의 실천적인 삶은 음악가에겐 생명과도 같은 청력을 잃고도 수많은 명곡을 남길 수 있게 했습니다.

인류 역사상 최고의 부자로 평가받는 앤드류 카네기는 자신이 이룬 성공을 수많은 사람들의 공으로 돌렸습니다. 불특정 다수인 사람들이 자신을 도와주었다고 생각했던 것입니다. 그래서 그는 자신이 번 돈을 사회를 위해 아낌없이 내놓았습니다. 그리고 자신의 성공 비법을 기자였던 나폴레온 힐을 통해 많은 사람들에게 전했습니다. 평범한 기자였던 나폴레온 힐은 카네기가 전해준 풍부한 경험을 체계적으로 정리하여 《생각하라, 그러면 부자가 되리라》라는 책을 써서 베스트셀러 작가가 되었으며 그와 더불어 유명한 자기계발 전문가가 되었습니다.

"너 자신을 누군가에게 필요한 존재로 만들어라."

이는 미국의 사상가이자 시인인 랄프 왈도 에머슨의 말로, 자신만이 아닌 누군가에게 필요한 존재가 되는 것이야말로 참으로 아름다운 인생이라고 할 수 있습니다.

세계적으로 성공적인 삶을 살았던 사람들의 여러 공통점 중에 하나는 바로 자신을 돕듯 남을 도왔다는 것입니다. 이런 관점에서 볼 때 에머슨의 말은 매우 설득력을 갖는다고 하겠습니다.

아름다운 인생으로 살아갈 것이냐, 아니냐는 자신의 선택에 달렸습니다.

이 책은 가치 있고 아름다운 인생으로 살아가는 데 도움을 주기 위해 썼음을 밝힙니다. 하지만 아무리 좋은 글이나 조언도 자신이 읽고 실행하지 않으면 무용지물에 지나지 않습니다.

이 책을 대하는 모든 분들이 한 번뿐인 인생을 가치 있고 멋지게 살아가길 응원합니다.

김옥림

차 례

CHAPTER 1

인생에서 완전한 만족은 없다

CHAPTER 2

일상에서 배우는 행복에 이르는 길

CHAPTER 3

잠재적인 삶의 의미를 깨닫는 지혜

CHAPTER 4

혹독한 겨울 뒤에도 꽃은 핀다

CHAPTER 5

좋은 결과는 생각의 방식에서 온다

CHAPTER 6

선택은 언제나 자신만이 할 수 있다

인생에서 완전한

만족은 없다

구름 속을 아무리 보아도 거기에는 인생이 없다.
우리는 스스로가 인정한 것만을 볼 수 있다.
귀신이 나오든 말든 나의 길을 가는데 인생이 있다.
그렇게 앞으로 나아가는 동안에는 고통도 있고 행복도 있다.
어떠한 경우에도 인생에 완전한 만족이란 없는 것이다.
자신이 인정한 것을 힘차게 찾아가는 하루하루가
바로 참된 인생인 것이다.

_ 요한 볼프강 폰 괴테

001

모든 일에는 약간의 여백을 두는 것이 좋다

동양화는 선線을 중요시하고, 여백餘白을 미美적 가치로 여깁니다. 동양화에 빈 공간이 많은 것은 바로 여백미를 살리기 위한 것이지요. 그리고 동양화를 보면 담백함과 운치를 느끼게 되는데, 이는 여백미가 주는 공간의 여유로움이 매력이기 때문이지요.

추사 김정희의 세한도를 보면 수묵화가 주는 담백함이 참 좋습니다. 세밀한 그림은 아니지만, 그래서 더 운치가 있고 좋은 것입니다.

동양화의 여백미에서 담백함과 운치를 느끼듯 우리의 삶에서도 여백미를 느껴야 보다 인간적으로 살아가게 됩니다. 삶의 여백미는 곧 삶의 여유를 말하는 것이니까요.

일에만 치이다 보면 마음이 삭막해지고, 늘 불안한 마음을 지니게 됩니다. 일중독에 빠진 사람들이 잠시라도 편히 쉬지 못하고 불안감을 느끼는 것은 마음의 여유가 없기 때문이지요. 마음의 여유는 휴식함으로써 몸과 마음을 평안히 하는 데서 오는 것입니다.

마음의 여유를 갖기 위해서는 일을 할 땐 전력을 다해 하세요.

그리고 쉴 땐 확실하게 쉬어야 합니다. 독서를 하기도 하고 음악을 들으며 마음에 쌓인 삶의 노폐물을 말끔히 씻어 버려야 합니다. 쉬는 둥 마는 둥 하면 오히려 몸과 마음이 더 피로해질 수 있다는 것을 잊어서는 안 될 것입니다. 삶의 여백에 대해《채근담菜根譚》에는 다음과 같은 말이 있습니다.

"한 말짜리 그릇에는 아홉 되쯤 담는 것이 좋다. 가득 채운다면 자칫 넘치게 될 것이다. 모든 일에는 어느 정도 여백을 남겨두는 것이 좋다. 화나는 일이 있어도 화나는 감정을 다 쏟아내지 말 것이며 비록, 정당한 말이라도 칠팔십 퍼센트만 말하고 나머지는 여운으로 남겨두는 것이 좋다."

그렇습니다. 일을 함에 있어서나 일상생활에서나 여유를 갖기 바랍니다. 그러면 좀 더 인간미를 풍기게 됨으로써, 자신에게는 만족감을 주고 주변 사람들에게도 부드럽고 따뜻하게 대하게 되어 좋은 인간관계를 이어가게 될 것입니다.

여유가 있는 사람은 말과 행동이 경망스럽지 않습니다. 그러나 여유가 없이 쫓기는 사람은 말과 행동이 거칠지요. 그럴 수밖에 없는 것은 마음의 여유가 없다 보니 조급하기 때문입니다. 일에서든, 생활에서든 마음의 여유를 두기 바랍니다. 마치 여백이 있는 그림이 더 운치가 있고 여운을 남기듯, 여유를 갖고 사는 것은 곧 자신을 위하는 일이니까요.

002

희망과 꿈의 조언에
귀 기울여라

꿈과 희망이 없다면 그것은 비극입니다. 그런데 지금 우리 사회에는 꿈이 없다고 말하는 이들이 있습니다. 희망이 물 건너갔다고 하소연하는 이들이 있습니다. 그들이 그렇게 말하는 것도 충분히 이해가 갑니다. 오죽이나 힘이 들면 자포자기하듯 그런 말을 했을까요. 한편으로는 쓸쓸히도 마음이 아픕니다.

그러나 희망을 버리지 않는 자에게 희망은 언제든지 찾아옵니다. 두려워하지 말고, 채워지지 않는 잠재력에 대해 생각하며, 실패한 것에 대해 생각하지 말고 희망이 찾아올 수 있도록 준비해야 합니다. 준비하지 않는 자에게 희망은 문을 두드리지 않으니까요. 자신을 기다리지도 않는 사람을 찾아가지 않는 것처럼 희망 또한 그러합니다.

"두려움이 아닌 희망과 꿈의 조언을 구하라. 좌절에 대해 생각하지 말고 채워지지 않는 잠재력에 대해 생각하라. 시도했다가 실패한 것에 집착하지 말고 여전히 가능한 것에 관심을 기울여라."

이는 교황 요한 23세가 한 말로, 그가 말하는 '희망과 꿈의 조언'
에 귀를 기울여 보세요. 그리고 그것을 마음에 새겨 날마다 음미
하며 실행하세요. 그러면 꿈과 희망이 현실로 나타나게 된다는 것
을 확실히 경험하게 될 것입니다.

그렇습니다. 꿈을 갖고 사는 인생이 결국엔 꿈을 이루는 법이기
때문이지요. 이를 잊지 말기 바랍니다.

희망은 희망을 사랑하고 좋아하는 자를 좋아합니다. 그래서 그런 사람에게는 언제나 희
망이 함께 합니다. 어떤 실패와 좌절에도 두려워하지 말고, 희망을 꽉 붙잡으세요.

인간이 지닌
무한한 능력을 믿어라

인간은 연약한 것 같아도 가장 강한 동물입니다. 왜일까요. 창의력을 지닌 존재이기 때문입니다. 인간은 창의력으로 자신들이 살아가는 데 필요한 것은 무엇이든 만들어 내지요. 여기에 인간의 무한한 능력이 있는 것입니다.

역사는 우리에게 그것을 똑똑히 보여주었지요. 불가능할 것 같은 상황에서도 인간은 가능하게 했으며, 수많은 실패와 좌절을 겪으면서도 꿋꿋이 자신이 원하는 것을 이뤄내며 오늘에 이르렀습니다.

"인간은 감정적으로 심한 고통도 견뎌낼 수 있는 능력이 있다. 심지어는 그 속에서 의미를 찾아내기도 한다. 인류 역사에 걸쳐 수많은 사람들이 엄청난 역경을 견뎌냈다. 그러나 여전히 오늘날의 문화는 우리에게 비극은 절대 일어나선 안 된다는 식으로 가르친다. 다들 아무 탈 없이 인생을 살아갈 거라고 기대하고 정말 참혹한 일이 닥치면 실패했다고 여기는 것이다. 그러나 이는 분명 가능한 시나리오이다. 이 시나리오를 앞에 두고 무방비 상태의 나약해진 기분을 느껴보자. 물론 최악의 사태가 터진다면 즉시 그걸 극복해 내지는 못할 것이다. 어쩌면 그로 인해 삶이 영원히 이전의 모습으로 돌아가지 못할 수도 있다. 하지만 인간에게는 지금으로선 상상도 못할 정도로 꿋꿋하게 새로이 의미 있는 삶을 꾸려나갈 수 있는 능력이 있다."

이는 홀리 해즐렛 스티븐스가 한 말로 인간이 지닌 무한 능력에 대해 말합니다. 이 말에서처럼 우리는 누구나 무한한 능력을 지닌 DNA를 갖고 태어났습니다.

그런데 이 사실을 잊고 살아갑니다. 작은 실패에도 좌절하고, 작은 불행에도 두려워합니다. 우리는 그 어떤 어려움도 충분히 이겨낼 수 있습니다. 우리에겐 무한한 능력의 유전자가 있다는 걸 한시도 잊지 말고 그 어떤 상황에서도 끝까지 시도하기 바랍니다. 그러면 반드시 자신이 원하는 것을 얻게 될 것입니다.

✉

인간이 고통과 시련 속에서도 자신을 이겨낼 수 있는 것은 창의력을 지닌 존재이기 때문입니다. 인간은 창의력을 발휘하여 불가능도 가능하게 하고 고통과 시련을 행복으로 만듭니다. 그렇습니다. 인간은 무한한 능력을 지닌 창의력의 존재임을 잊지 말기 바랍니다.

오늘이 인생에서
가장 중요한 날이다

지금의 '오늘'은 오늘뿐입니다. 오늘이 지나고 나면 더 이상 지금의 오늘은 존재하지 않습니다. 그런데도 사람들은 이를 곧잘 잊어버립니다.

"오늘이 아니면 내일 하지 뭐" 하고 아무렇지도 않게 말합니다. 이는 자신에게도 자신이 속한 사회에도 마이너스가 되는 무책임한 말이 아닐 수 없습니다. 그 어떤 삶을 살든 인생을 잘 살아가는 사람들은 '오늘'이란 시간을 누구보다도 소중히 했으며 잘 활용했다는 공통점을 갖고 있습니다.

오늘을 잘 보낸다는 것은 오늘도 내일도 행복과 희망으로 만드는 창의적이고 생산적인 일이지요. 이에 대해 고대 인도의 시인이자 희곡 작가인 칼리다사는 이렇게 말합니다.

"알차게 보낸 오늘은 어제를 행복한 꿈으로 만들고 내일을 희망에 찬 환상으로 만든다. 그러므로 오늘을 잘 보내야 한다."

옳은 말입니다. 오늘을 잘 보내지 않는다면 내일은 안개가 낀 것처럼 불투명할 것이며, 따라서 희망도 행복도 보장할 수 없습니다. 정녕, 희망적이고 행복한 삶을 살고 싶다면 날마다의 오늘을 잘 보내야 합니다.

"오늘을 훌륭히 살아가는 것이 내일의 희망을 발견하는 일이며 내일의 희망이 있어야 우리는 밝게 살아갈 수 있다."

이는 헬렌 켈러가 한 말로 오늘을 훌륭하게 살기 위해서는, 내일의 희망을 갖는 것이지요. 이렇게 하기 위해서는 오늘을 잘 살아야 하는 것입니다.

그렇습니다. 지극히 평범하고 당연한 이 진리가 실천으로 옮겨질 때 엄청난 에너지가 발생하고, 자신이 바라는 것이 현실이 된다는 것을 스스로 증명해 보이기 바랍니다.

지금의 오늘은 '오늘'뿐입니다. 오늘이 지나면 더 이상의 지금의 오늘은 존재하지 않습니다. 자신이 정녕, 남과 다른 길을 가고 싶다면 날마다의 오늘을 잘 보내야 합니다.

005

아름다운
삶의 협력자

산을 보면 역동적인 에너지가 넘쳐흐릅니다. 산에 드는 순간 머리가 맑아지고, 가슴이 부풀어 오르는 듯 가슴이 탁 트입니다.

산은 사람뿐만 아니라 나무와 꽃들이 잘 자랄 수 있도록 어머니처럼 품어줍니다. 산은 고라니, 사슴, 담비, 산토끼를 비롯해 산비둘기, 뻐꾸기, 꿩 등을 먹이고 재우고 길러줍니다. 산은 넓은 품으로 사람이든 동물이든 식물이든 그것이 무엇일지라도 고이 품어 살뜰히 길러줍니다.

산이 아름다운 것은
갖가지 생물들을 자신의
넓은 가슴으로 품어주기 때문이다.
산엔 물푸레나무, 떡갈나무,
소나무, 참나무를 비롯한 수많은 나무들과
초롱꽃, 패랭이꽃, 구절초, 진달래 등
수많은 꽃들로 가득 채워져 있다.

서로 품어주고 안아주어 아름다운 산
천상천하 유아독존은 그 어디에도 없다.

서로 협력하지 못하는 것은
더 이상 존재의 의미가 없다.

서로에게 따뜻한 위안이 되어주는
아름다운 삶의 협력자가 되는 것,
이것이 삶의 본질이다.

이는 〈아름다운 협력자〉라는 나의 시입니다.

우리 또한 산처럼 살아가는 동안 아름다운 협력자가 되어야 합니다. 국가와 사회, 그리고 자신이 다니는 직장과 동료, 자신의 주변 사람들에게 아름답고 생산적인 협력자가 되어야 합니다. 그렇게 될 때 조화로운 삶 속에서 행복과 즐거움을 누리게 되는 것입니다. 아름다운 협력자가 되세요. 그것은 자신과 자신이 사는 세상을 아름답게 가꾸고 행복하게 하는 멋진 일이니까요.

자연이 아름다운 것은 서로 다른 것들이 조화롭게 어울리기 때문입니다. 인간의 삶 또한 그러하지요. 자신과 주변 사람들이 조화롭게 협력함으로써 행복할 수 있는 것입니다. 그렇습니다. 우리는 조화로운 삶의 협력자가 되어야 합니다.

인간에게
덕이란 무엇인가

'인간에게 있어 덕이란 무엇인가?'라는 물음에 대해 말한다면, 덕이란 인간이 쌓아야 할 최선의 도덕이라고 할 수 있습니다.

왜 그럴까요. 덕이 있는 사람은 겸손하며 도덕심이 높고, 상대방에 대해 배려심이 뛰어나고, 남에게 피해를 주거나 폐를 끼치지 않습니다. 그래서 덕이 있는 사람은 사람들과 잘 어울리고, 누구에게나 좋은 에너지를 줍니다.

노자老子의《도덕경道德經》에는 다음과 같은 말이 나옵니다.

"덕망이 있는 자가 사람을 대할 줄 안다. 높게 처하려면 말에 있어서 사람들에게 겸손해야 한다. 사람들을 인도하려면 사람들의 앞에서가 아니라 뒤에서 해야 한다. 그러므로 덕망이 있는 자가 사람을 대할 줄 안다. 훨씬 앞에 있어도 그 사람들은 거북하게 생각하지 않는다. 따라서 덕망이 있는 자는 누구와도 다투지 아니함으로 이 세상의 아무도 그와 다투지 않는다."

노자의 말에서 보듯 덕망이 있는 자는 사람을 대할 줄 알아 누구에게든지 겸손하고, 사람들 뒤에서 서길 좋아하고, 누구와도 다투지 않기에 이 세상 그 누구도 덕망이 있는 자와는 다투지 않는다는 것을 알 수 있습니다. 또한 그가 사람들 앞에 있어도 거북하게 생각하지 않는 것을 알 수 있습니다.

이는 무엇을 말하는 걸까요. 덕이 있는 사람은 그만큼 사람들에게 본이 되고 사람들로부터 신뢰와 존중을 받는 것이지요.

이처럼 덕이 인간에게 얼마나 중요한 삶의 덕목인지를 잘 알게 합니다.

그렇습니다. 그런 까닭에 덕이 있는 사람은 도덕성이 높고, 언제 어디서나 누구에게나 선한 영향력을 끼칩니다. 덕을 길러야 하는 이유가 바로 여기에 있는 것입니다.

덕을 길러 덕망 있는 사람이 되어야 합니다. 그것이야말로 최선의 인간적 가치이자 참사람 됨이니까요.

덕이란 인간이 쌓아야 할 최선의 도덕입니다. 그래서 덕이 있는 사람은 도덕성이 높은 것이지요. 덕이란 그 사람의 인품이며 도덕성이며 최선의 인간적 가치랍니다.

007

깨달음으로써
감정으로부터 벗어나기

인도 침묵의 수행자이자《성자가 된 청소부》로 유명한 바바 하리 다스는 수행을 통해 진정한 스승은 자신의 내면에 있음을 깨닫게 되었지요. 그 후 그는 명상센터를 운영하며 많은 사람들에게 삶의 철학을 가르쳤습니다.

"당신의 존재가 삶과 죽음을 겪어야 하는 육체 그 너머에 있음을 깨달아야 한다. 그러면 모든 문제가 풀릴 것이다. 문제는 당신 스스로 죽어야 할 존재로 태어났다고 믿는 데 있다. 깨달아야 한다. 자유롭게 살아가라. 당신은 개체적 자아가 아니다. 자유는 걱정으로부터의 자유다. 변함없는 것을 깨달았다면 욕망과 두려움을 앗아가지 마라. 욕망과 두려움이 왔다가 스스로 떠나가도록 그대로 두어라. 이와 같은 감정에 대해 반응하지 말고 차분한 마음으로 바라보면 감정은 힘을 잃고 당신은 자유롭고 편안한 상태에 이르게 된다."

이는 바바 하리 다스가 한 말로, 삶의 참된 깨달음과 자유롭고 평안에 이르는 방법에 대해 잘 알게 합니다.

인간의 내면은 우주와 같고, 바다와 같고, 대지와 같고, 강과 같고, 조그만 밭과 같고, 작은 시냇물과도 같지요. 이는 사람에 따라 다르게 나타나는 내면의 모습이지요.

이런 관점에서 볼 때 바바 하리 다스의 말처럼 인간의 내면엔 자신의 스승이 존재할 수 있지요. 즉 깨달음을 통해 얻게 되는 모든 통찰은 곧 자신의 스승이라고 할 수 있으니까요. 특히, 바바 하리 다스의 말에서 보듯 감정으로부터 자유로워야 합니다. 불필요한 감정은 언제나 사람을 곤혹스럽게 할 뿐 전혀 도움이 되지 않기 때문이지요. 감정에서 벗어나는 방법에 대해 바바 하리 다스는 말합니다.

"감정에 대해 반응하지 말고 차분한 마음으로 바라보면 감정은 힘을 잃고 당신은 자유롭고 편안한 상태에 이르게 된다."

그렇습니다. 감정으로부터 벗어나기 위해서는 감정에 반응하지 않는 절제력, 즉 이성을 길러야 합니다. 이성이 감정보다 앞설 수 있다면, 어떤 상황에서도 '감정의 우물'에 빠져 허우적거리는 우를 범하지 않기 때문이지요.

이성은 감정을 통제할 수 있는 내면의 스승입니다.

불필요한 감정으로부터 벗어나기 위해서는 스스로 깨닫고 느끼면서 이성을 길러야 합니다. 이성이 감정보다 앞설 수 있다면 어떤 상황에서도 감정의 우물에 빠져 허우적거리는 우를 범하지 않습니다. 이성만이 감정을 누를 수 있기 때문이지요.

008

인생에 반反하지 않는
삶을 살라

인위人爲를 가하지 않는 것을 무위無爲라고 합니다. 무위는 노자
老子의 핵심 사상인데, 이는 인위를 가하지 않고 있는 그대로 내버
려 둠을 의미합니다. 물을 보십시오. 물은 높은 곳에서 낮은 곳으
로 흐르고, 흐르다 막히면 막히지 않은 쪽으로 돌아 흐릅니다. 억
지로 흐르거나 무리해서 흐르지 않습니다. 그래서 물은 유유하고
자연스럽습니다.

그러나 인위를 가하게 되면 문제가 생깁니다. 둑을 쌓아 물을
가둬두면 물은 썩고 맙니다. 썩은 물은 악취를 풍기고 강을 오염
시킵니다. 썩은 물은 더 이상 물이 아닙니다. 그래서 그 어떤 생명
도 품지 못합니다.

물은 자연스럽게 흘러야 모든 생물을 품어줍니다.

마찬가지로 자신이 잘 살아가길 바란다면 순리에 따라 살되, 무
리한 인위를 가하지 말아야 합니다.

"사물을 있는 그대로 내버려 두어라. 그들에게 스스로 무게를

갖게 하라. 겨울날 아침, 단 하나의 사물이라도 있는 그대로 바라보는 데 성공한다면 비록 그것이 나무에 매달린 얼어붙은 사과 한 개에 불과하더라도 얼마나 큰 성과인가. 나는 그것이 어슴푸레한 우주를 밝힐 것이라고 생각한다. 얼마나 막대한 부를 우리는 발견할 것인가. 열린 눈을 가질 때 우리의 시야가 자유로워질 때, 신은 우리 앞에 모습을 드러낸다. 필요하다면 신조차도 홀로 내버려 두라. 신을 발견하고자 원한다면 그와 서로를 존중할 수 있는 거리를 두어야 한다. 신을 발견하는 것은, 그를 만나러 가고 있을 때가 아니라 그를 홀로 남겨두고 돌아설 때이다. 감자를 썩지 않게 보존하는 방법에 대해 당신의 생각은 해마다 바뀔지도 모른다. 그러나 영혼이 썩지 않게 하는 방법에 대해서는 수행을 계속하는 일 외에 내가 배운 것은 없다."

이는《월든》의 저자이자 시인이며 사상가인 헨리 데이비드 소로가 한 말로, 있는 그대로 내버려 두라는 것은 순리를 따라 살라는 말입니다. 세상의 모든 문제는 인위적으로 무리를 가하기 때문에 생기는 것입니다. 인생을 잘 살아가기 위해서는 순리에 따라 살되 영혼이 썩지 않게 해야 하는데, 그것은 자신을 끊임없이 갈고 닦는 일입니다.

물이 자연스럽게 흘러 모든 생물을 품어주듯 우리의 삶 또한 그렇습니다. 자신이 잘 살아가길 바란다면 삶에 순응하고, 무리한 인위를 가하지 말아야 합니다.

자신의 배를 빈 배로
만들 수 있다면

"한 사람이 배를 타고 강을 건너다 빈 배가 그의 배와 부딪치면 그가 아무리 성질이 나쁜 사람일지라도 그는 화를 내지 않을 것이다. 그 이유는 그 배는 빈 배이기 때문이다. 그러나 배 안에 사람이 있으면 그는 그 사람에게 피하라고 소리칠 것이다. 그래도 듣지 못하면 그는 다시 소리칠 것이다. 그러고는 욕을 퍼붓기 시작할 것이다. 이 모든 일이 그 배 안에 누군가 있기 때문에 일어난다. 그러나 배가 비어 있다면 그는 소리치지 않고 화내지도 않을 것이다. 세상의 강을 건너는 그대 자신의 배를 빈 배로 만들 수 있다면 아무도 그대와 맞서지 않을 것이다. 아무도 그대를 상처 입히려 하지 않을 것이다."

이는 장자莊子가 한 말로 마음을 비우고 살라는 말이지요. 마음을 비우면 그 어느 누구도 맞서지 않게 됨으로써 도덕적으로 삶을 잘 살아가게 된다는 말이지요. 그리고 이 말에는 탐욕을 부리지 말라는 의미도 내포되어 있습니다. 탐욕은 자신도 망치게 하고 남으로부터 비난을 받을 수 있는 여지를 늘 지니고 있는 까닭입니다.

"탐욕은 항상 만족에 도달하지 못하고, 끝까지 욕구를 만족시
키려는 무한한 노력 속에서 개인을 탕진시키는 바닥 없는 항아
리이다."

이는 독일의 사회심리학자이자 정신분석학자인 에리히 프롬이
한 말로 탐욕이 인간에게 미치는 영향이 얼마나 큰지를 잘 알게
합니다. 그의 말처럼 탐욕은 더 많은 탐욕을 부르고, 바닥 없는 항
아리처럼 개인을 탕진시켜 버립니다.

탐욕에 물들어 인간성과 도덕성, 사람으로서의 가치를 탕진시
켜 버리면 남는 것은 동물적 본능뿐이지요. 동물적 본능은 인간성
을 상실시키는 무서운 '독'과 같습니다. 그래서 사람들은 이런 사
람을 경계하고 멀리하는 것입니다.

장자와 에리히 프롬의 말처럼 자신을 빈 배로 만들어 탐욕으로
부터 벗어나게 하세요. 그것이야말로 사람들과 적을 지지 않고 자
신을 인정하며 잘 살아가게 하는 최선의 비책이니까요.

욕심을 버리면 그 어느 누구도 적을 삼지 않습니다. 그런데 욕심을 버릴 수 없어 적을 지
며 사는 것이지요. 자신을 탐욕으로부터 벗어나게 하세요. 그것이야말로 잘 사는 지혜
입니다.

자신에게 지나친
신뢰를 두지 마라

자신을 스스로 신뢰하는 것은 좋으나 지나치게 신뢰하는 것은 삼가야 합니다. 자칫 교만을 부를 수 있기 때문이지요. 교만이 위험한 것은 한번 교만이란 강물에 빠지면 좀처럼 교만이란 강물에서 헤어나지 못하기 때문입니다. 교만한 자들은 그것이 교만이란 사실조차 모릅니다. 이에 대해 영국의 위대한 극작가이자 시인인 윌리엄 셰익스피어는 이렇게 말했습니다.

"교만은 교만이란 거울 외에 자신을 비춰볼 수 있는 다른 거울을 지니고 있지 않다. 교만한 자들은 스스로 오만함과 건방짐에 사로잡혀 있기 때문이다."

셰익스피어의 말처럼 교만한 사람은 늘 교만함에 사로잡혀 있기 때문에 그것이 잘못이라는 것을 모르는 것이지요.

교만이 위험한 것은 사람들과의 관계를 무너뜨리고 그릇된 길로 가게 하는 죄의 뿌리이기 때문입니다. 이에 대해 스코틀랜드의 신학자인 윌리엄 바클레이는 다음과 같이 말했습니다.

"교만이란 밭에서 모든 죄의 잡초가 자란다."

그렇습니다. 교만은 죄를 낳게 하는 근본인 것입니다.

"교만한 자는 그 이상으로 자신을 높일 수 없다. 이성이 판단 앞에 나서면 그것들은 무용지물에 지나지 않는다."

이는 노자老子가 한 말로 그의 말처럼 자신을 지나치게 신뢰하다 보면 자기 자신을 과신하는 사람은 빛날 수 없고, 자기만족에 취해버린 사람은 영광에 도달할 수 없습니다. 따라서 자신을 신뢰하되 지나친 신뢰는 삼가야 하는 것입니다.

자신을 신뢰하는 것은 좋으나 지나친 신뢰는 교만을 부를 수 있습니다. 상대를 무시하는 우를 범하게 되니까요. 이를 조심해야 합니다.

011

죽음의 공포에서
벗어나고 싶다면

　열심히 사는 사람들은 대충 사는 사람들에 비해 죽음에 대한 공
포에 연연하지 않습니다. 자신의 열정을 쏟다 보면 자신이 하는
일에 몰입하는 까닭에 다른 것에 마음 쓸 겨를이 없기 때문이지
요. 일찍이 이를 간파한 고대 로마의 황제 마르쿠스 아우렐리우스
는 죽음의 공포에서 벗어나라고 말합니다. 그리고 그 방법에 대해
이렇게 말했습니다.

　"죽음의 공포에서 벗어나고 싶다면 최선을 다해 살아가는 사람
　의 행동을 눈여겨보고 본받도록 하라."

　참으로 적확한 지적이 아닐 수 없습니다. 자신이 하는 일에 최
선을 다하는 사람은 죽음의 공포에 대한 두려움을 갖지 않습니다.
그런 까닭에 최선의 삶을 살아가는 사람들을 본받고 그대로 실천
할 수 있다면 몰두와 집중으로 인해 죽음을 생각할 겨를이 없는
것이지요.

또한 영국의 시인 윌리엄 블레이크는 다음과 같이 말했습니다.

"바쁜 꿀벌은 슬퍼할 겨를이 없다."

이 역시 참으로 빛나는 통찰洞察이 아닐 수 없습니다. 꿀벌들이 꿀을 찾아 일하는 모습을 보면 아주 치열합니다. 꿀 한 방울도 뺏기지 않으려고 하는 모습은 가히 살벌할 정도이지요.

그렇습니다. 마르쿠스 아우렐리우스와 윌리엄 블레이크의 말처럼 자신을 바쁘게 하는 것은 스스로를 위해서도 복된 일이며, 죽음의 공포로부터 벗어나게 하는 지혜인 것입니다.

죽음의 공포에서 벗어나고 싶은가요? 그렇다면 지금 당신이 하는 일에 최선을 다하십시오.

열심히 사는 사람들은 죽음에 대한 공포에 연연하지 않습니다. 죽음의 공포를 벗어나고 싶다면 지금 자신이 하는 일에 최선을 다하십시오.

인간에게 완전함이란
하나의 표상에 불과하다

인간은 완전하지 않기 때문에 인간인 것입니다. 만일 인간이 완전한 존재라면 '신'은 존재하지 않았을 것입니다. 나아가 인간은 완전함으로 인해 지금처럼 존재할 수도 없었을 것입니다. 그런데 아이러니하게도 인간은 불완전하기 때문에 지금에 이른 것입니다.

왜 그럴까요. 인간이 완전하다면 완전함을 추구하는 인간은 오만함에 노출되어 있을 수밖에 없습니다. 그리고 그 결과는 참담한 멸망이지요. 이것이 바로 인간의 한계인 것입니다.

생각해 보세요. 어떻게 인간이 완전할 수 있는지를. 불완전하니까 인간인 것이며, 그러기에 우리는 지금까지 존재할 수 있는 것이지요.

"완전함을 이루려고 할 때, 그때의 목적은 어떤 완벽한 상태에 도달하는 데만 있는 것은 아니다. 사실 거기에 도달하려는 것은 불가능한 일이다. 인간에게 완전함이란 단순한 이상에 지나지 않으며 하나의 표상에 불과하기 때문이다. 그럼에도 우리가 완전함을 추구하는 것은 우리 자신의 내면을 악에서 선으로 변화시키기 위함이다. 그것은 비록 불가능한 일처럼 보이지만 인간이라면 반드시 힘을 기울여야 할 공통된 소명이다."

인간에게 있어 완전함이란 세네카의 말처럼 단순한 이상에 지나지 않으며 하나의 표상에 불과할 뿐입니다.

그렇습니다. 완전한 인간이 되길 바라기보다는 '진실한 인간'이 되어야 합니다. 진실함이란 인간에게 주어진 삶의 과제이며 목적이기 때문이지요.

다시 한번 말하지만 '완전함'이란 '신의 영역'이지 '인간의 영역'이 아니라는 사실을 꼭 기억해야 할 것입니다. 그것이 오만함에서 벗어나 자신을 인간답게 하는 지혜인 것입니다.

완전함을 추구하는 인간은 오만함에 노출되어 있습니다. 어떻게 인간이 완전할 수 있을까요. 불완전하니까 인간인 것이지요. 완전한 인간이 되길 바라기보다는 '진실한 인간'이 되어야 합니다.

우리는 세상의 모든 것들과
하나로 이어져 있다

우리가 사는 세계는 수많은 종족들로 이루어져 있습니다. 서로 다른 언어, 전통과 관습, 생긴 모습, 피부 색깔, 먹는 음식, 생활 습관 등 모든 것이 서로 다른 영역 속에서 살아갑니다.

그런데 추구하는 삶의 목적은 같습니다. 그것은 바로 '사랑'과 '행복한 삶'이지요. 사랑이란 인간에게 있어 신이 준 가장 아름다운 선물이지요. 또한 행복이란 신이 인간에게 부여한 삶의 목적이지요.

서로 다른 환경 속에서 살아도 인간은 하나로 연결되어 있을 수밖에 없는 존재이며, 우리는 그것을 똑똑히 알아야 합니다. 그래야 서로 화합하고, 협력함으로써 자유와 평화를 누리며 행복한 삶을 살 수 있으니까요.

그런데 이를 잊고 세계 각국은 점점 더 자신들에게 유리한 쪽으로 정책을 펼치고, 힘의 논리로 약소국가를 통제하며 억압을 가합니다. 이는 자유와 평화를 깨는 무책임한 죄악이 아닐 수 없습니다.

"비록 우리 자신이 원하지 않는다 해도 우리는 세상의 모든 것들과 하나로 연결되어 있다. 사상과 지식을 교류하고 다른 사람들과 관계를 맺어나가면서 우리는 우리 자신과 이 세계 사이의 수많은 점과 점들을 연결시킨다. 그러한 관계 속에서 선량한 사람들은 서로를 의심하는 법 없이 타인을 돕지만 악한 사람들은 사람과 사람 사이를 이간질할 궁리만 한다."

이는 중국 격언으로 이 말에서 보듯 우리는 세상과 하나로 연결되어 있는 존재입니다. 이는 떼려야 뗄 수 없는 불가분의 관계라는 것이지요.

그렇습니다. 우리는 하나로 이어진 존재인 까닭에 개인 간이든, 지역 간이든, 국가 간이든 하나의 선으로 연결되어진 그림과 같습니다. 서로 다른 하나가 모여 세계를 이루었기 때문이지요.

그런데 나 하나쯤이야, 우리 지역쯤이야, 우리 국가쯤이야 하고 생각한다면 어떻게 될까요. 그 하나로 인해 개인과 개인, 지역과 지역, 국가와 국가의 균형이 깨지고 그로 인해 세계는 분열될 것입니다. 세상은 하나로 연결되어 있다는 것과 그 속에 내가 있다는 것을 잊지 말기 바랍니다.

세계는 하나의 선으로 연결되어진 그림과 같습니다. 서로 다른 하나가 모여 세계를 이루기 때문이지요. 그 세계에 꼭 필요한 사람이 되어야 합니다.

내가 지나온 모든 길은
당신에게로 향한 길이었다

만나야 할 사람은 언제든지 만나게 되어 있습니다. 만나야 할 사람은 신분의 차이를 떠나, 국적을 떠나, 그 어떤 상황에서도 만나게 됩니다. 만나야 할 사람은 그가 어디에 있든 보이지 않는 하나의 선으로 연결되어 있기 때문이지요. 인연이란 선은 인위적으로도 막을 수 없고, 그 어떤 힘으로도 결코 막을 수 없습니다.

인연의 놀라움에 대해 잘랄루딘 루미는 이렇게 말했습니다.

"내가 지나온 모든 길은 곧 당신에게로 향한 길이었다. 내가 거쳐온 수많은 여행은 당신을 찾기 위한 여행이었다. 내가 길을 잃고 헤맬 때조차도 나는 당신을 향해 걸어가고 있었다. 그리고 마침내 내가 당신을 발견했을 때, 나는 알게 되었다. 당신 또한 나를 향해 걸어오고 있었다는 것을."

잘랄루딘 루미의 말에서 보듯 사랑하는 사람을 만난다는 것은 이처럼 정성과 열정이 함께 해야만 하는 것입니다. 뿐만 아니라 살아가면서 만나게 되는 소중한 친구와 지인들 역시 정성과 열정이 함께 할 때 소중한 인연으로 맺어지게 되는 것이지요.

형식적인 만남, 목적을 위한 만남은 인연과는 별개이지만, 인생을 살아가면서 만나게 되는 사람들은 모두 인연이란 눈에 보이지 않는 선이 이어준 소중한 사람들입니다.

당신에게는 당신 목숨보다 더 소중한 사람이 있습니까? 당신을 대신해서 고통의 짐을 대신 져줄 친구가 있습니까? 그렇다면 당신은 이 세상에서 가장 행복한 사람일 것입니다.

인연을 소중히 하세요. 당신이 사랑하는 사람도, 당신과 함께 더불어 살아가는 사람들도 다 소중한 사람이며 당신의 인생에 빛과 소금과 같은 사람들이니까요.

만나야 할 사람은 언제든지 만나게 되어 있습니다. 만나야 할 사람은 그가 어디에 있든 보이지 않는 하나의 선으로 연결되어 있기 때문이지요. 만남, 만남을 소중히 하기 바랍니다.

나는 바라본다,
바라볼 수 있는 모든 것들을

사람은 무엇을 바라보느냐에 따라 그 사람의 생각과 삶의 가치가 달라집니다. 별을 바라보면 별과 같은 가치를 지니고, 태양을 바라보면 태양과 같은 뜨거운 가치를, 푸른 강을 바라보면 유유한 부드러움의 가치를 지니게 됩니다.

본다는 것은 단순히 바라보는 것이 아니라, 봄으로써 느끼게 되고, 깨닫게 되고, 그것을 통해 삶을 보다 더 가치 있게 살아가게 되지요.

그러나 마음을 어지럽히는 대상을 보거나, 가증스러운 것을 바라보거나, 온당하지 못한 것을 보게 되면 그와 같이 살아가게 됩니다. 눈을 어디에 두고 바라보느냐에 따라 그 사람의 생각의 눈도 그와 같이 되는 것입니다.

"나는 세상을 바라본다. 그 안에는 태양이 비치고 있고, 그 안에는 별들이 빛나며 그 안에는 돌들이 놓여져 있다. 그리고 그 안에는 식물들이 생기 있게 자라고 있고, 그리고 그 안에는 인간이 생명을 갖고 살고 있다. 나는 영혼을 바라본다. 그 안에는 신의 정신이 빛나고 있다. 그것은 태양과 영혼의 빛 속에서 세상 공간에서 저기 저 바깥에도 그리고 영혼의 깊은 곳 내부에서도 활동하고 있다. 그 신의 정신세계로 내가 향할 수 있기를 공부하고 일할 수 있는 힘과 축복이 나의 깊은 내부에서 자라나기를."

이는 루돌프 슈타이너가 한 말로 무엇을 바라보느냐가 매우 중요하다는 것을 잘 알게 합니다. 앞에서도 말했듯이 사람은 그가 무엇을 보느냐에 따라 많은 영향을 받기 때문이지요. 그런 까닭에 볼 것만 보고, 보지 말아야 할 것들은 보지 말아야 합니다.

이렇듯 자신의 인생을 자신이 원하는 대로 살아가기 위해서는 그에 맞게 도움이 되는 대상을 바라보고 생각의 눈을 맑고 밝게 해야 합니다.

그렇습니다. 세상은 자신이 보는 것만큼 생각의 눈을 맑고 밝게 할 수 있고, 그로 인해 자신이 바라는 인생을 살게 되는 것이지요. 이를 마음에 새겨 그대로 실천해보기 바랍니다. 확실히 자신이 달라지는 것을 경험하게 될 것입니다.

사람은 무엇을 바라보느냐에 따라 그 사람의 가치가 달라집니다. 별을 바라보면 별과 같은 가치를 지니고, 가증스러운 것을 바라보면 그와 같이 되지요. 바라봐도 좋을 것만 바라보세요.

016

진정한 자신의 길을
찾는 것이 어려운 것은

"인생은 한 권의 책과 같다. 어리석은 사람은 아무렇게나 책장
을 넘기지만 현명한 사람은 공들여 읽는다. 왜냐하면 그들은 단
한 번밖에 그것을 읽지 못한다는 것을 알고 있기 때문이다."

이는 독일의 소설가 장 파울이 한 말로, 한마디로 인생을 소중
히 하라는 말이지요. 인생을 소중히 한다는 것은 진정한 삶을 살
라는 말이며, 진정한 삶이란 참되게 사는 것을 의미합니다.

치열한 경쟁을 하며 살아가는 정글 같은 현대 사회에서 참되게
산다는 것은 난제難題와도 같습니다. 자신만 참되다고 해서 모든
사람이 다 참된 것은 아니니까요.

그러나 그럴수록 참되게 살기 위해 더욱 노력해야 합니다. 그것
이 인간답게 사는 길이기 때문입니다. 그런 까닭에 진정한 자신의
길을 찾는 것은 고행과도 같습니다. 그래서일까, 대개의 사람들은
참된 길을 놔두고 다른 길에서 자신의 길을 찾으려고 합니다.

일찍이 이를 간파한 맬러리는 다음과 같이 말했습니다.

"참된 생활로 인도하는 길은 아주 좁아서 몇몇 사람들만이 그 길을 발견할 수 있을 뿐이다. 왜냐하면 그 길은 그들의 내면세계에만 존재하기 때문이다. 그나마 자기의 길을 찾으려는 자도 그리 많지는 않다. 대개는 다른 길을 헤매느라 진정한 자신의 길을 찾지 못하는 것이다."

맬러리의 말에서 보듯 자신의 길을 찾는 노력이 필요하다는 것을 알 수 있습니다. 자신의 길을 찾을 때야말로 자신이 바라는 삶을 온전히 살아갈 수 있기 때문입니다.

그렇습니다. 다른 길에서 자신의 길을 찾으려고 헤매지 마세요. 진정한 자신의 길은 스스로 참되게 하려는 노력이 함께 할 때 주어지는 것입니다.

진정한 자신의 길을 찾는 것은 고행과도 같습니다. 그렇습니다. 쉽게 주어진다면 그건 진정한 자신의 길이 아니지요. 어렵게 찾아 내 것으로 만들어야 진정한 길인 것입니다.

017

인생에서
완전한 만족은 없다

　인간은 불완전한 존재며 연약한 존재입니다. 그런 까닭에 살아가면서 불완전한 자신을 좀 더 완전하게 해야 할 책임이 있습니다. 그것은 창조주께서 우리 인간에게 내준 과제와도 같습니다. 그래서 자신을 좀 더 완전하게 한다는 것은 자신의 인생에 떳떳하고 감사한 일이지요.

　그런데 어떤 사람들은 마치 자신이 완전한 존재라도 되는 양 경거망동하며 눈살을 찌푸리게 합니다. 그것은 자신의 인생에 대한 오만한 불충이며, 그로 인해 타인에게도 스스로에게도 상처를 주게 되지요. 만일, 인간에게 완전한 만족이 있다면 감사함을 잊을 것입니다.

　"구름 속을 아무리 보아도 거기에는 인생이 없다. 우리는 스스로가 인정한 것만을 볼 수 있다. 귀신이 나오든 말든 나의 길을 가는 데 인생이 있다. 그렇게 앞으로 나아가는 동안에는 고통도 있고 행복도 있다. 어떠한 경우에도 인생에 완전한 만족이란 없는 것이다. 자신이 인정한 것을 힘차게 찾아가는 하루하루가 바로 참된 인생인 것이다."

이는 요한 볼프강 폰 괴테가 한 말로 그 누구에게도 인생에 완전한 만족이 없다는 것을 잘 알게 합니다. 그렇다면 왜 인간은 완전한 만족에 이르지 못하는 걸까요.

인간에게 완전한 만족이 없는 것은 자신이 추구하는 것을 하루하루 열정을 다해 이뤄가며, 완전한 만족에 다가감으로써 감사하며 살라는 창조주의 뜻이라고 할 수 있습니다. 그렇지 않고 쉽게 완전한 만족에 이르게 된다면 감사함도 모르고, 교만에 빠져 인생을 그르칠 수 있기 때문이지요.

그렇습니다. 감사하며 사는 사람일수록 완전한 만족에 더 가까이 다가가지요. 당신은 완전한 만족을 원합니까? 그렇다면 열심을 다하되 감사하고 또 감사하십시오.

인간에게 완전한 만족이 있다면 감사함을 잊을 것입니다. 감사하며 사는 사람일수록 완전한 만족에 더 가까이 다가가지요. 감사하십시오. 완전한 만족을 위하여 감사하고 또 감사하십시오.

018

힘은 평화로운
마음에서 생긴다

"힘은 평화로운 마음에서 생긴다. 평화로 가득 찬 마음을 얻으려면 무엇보다도 마음을 텅 비워라. 당신의 마음속에서 두려움과 미움, 불안, 후회, 미련, 죄의식 등을 깨끗이 비워내는 일을 어김없이 실행하라. 당신이 자신의 마음을 의식적으로 비우려고 애쓰고 있다는 그 사실 자체만으로도 당신의 마음은 잠시 동안이나마 휴식을 얻게 될 것이다."

이는 자기계발 동기부여가이자 저술가로 유명한 노만 V. 필이 한 말로 그는 마음의 평화를 얻기 위해서는 마음을 텅 비우라고 말합니다. 마음을 비우면 욕망으로부터 자신을 절제할 수 있고, 상대에 대한 이해심이 좋아지고, 일을 함에 있어서 조급하지 않으며, 불안함과 두려움으로부터 멀어질 수 있습니다.

왜 그럴까요. 마음에 평화를 갖게 되면 '힘'이 길러지기 때문입니다. 이 힘은 어떤 위급한 상황에서도 자신을 지켜내게 하며, 불가능한 일도 해낼 수 있게 합니다.

또한 사랑을 베풀게 하고, 주변을 따뜻한 시선으로 바라보게 합니다. 이처럼 평화로운 마음은 반드시 지녀야 할 인간의 마음인 것입니다.

그런데 인간의 어리석음은 '힘'은 권력에서 오고, 물질에서 온다고 생각하는 것이지요. 물론 충분히 그럴 수 있습니다. 하지만 진정한 힘은 평화로운 마음에서 오는 것입니다. 권력이나 물질은 없어지면 그만이지만, 평화로운 마음은 늘 마음속에서 살아 숨 쉬며 그 사람을 편안하게 이끌어 줍니다. 그런 까닭에 마음을 평안히 함으로써 마음의 참 평화를 누려야 하는 것입니다.

그렇습니다. 인생을 긍정적으로 즐기면서 살고 싶다면, 평화로운 마음을 가져야 합니다. 그러면 힘은 언제나 푸르게 빛을 뿜으며 당신과 함께 할 것입니다.

인간의 '힘'은 권력에서 오고, 물질에서 오는 것이 아니라, 평화로운 마음에서 옵니다. 평화로운 마음을 갖고 사세요. 그러면 힘은 언제나 푸르게 빛을 뿜으며 함께 할 것입니다.

신은 모든 것을
알고 있다

　신이 인간과 다른 것은 창조적인 능력을 지니고 있다는 것입니다. 신은 창조의 능력으로 인간으로서는 할 수 없는 신비로운 일들까지 창조함으로써 인간이 살아가는 데 있어 풍요로운 은총을 베풉니다. 또한 신은 절대 권력을 가졌지만 그 권력을 함부로 쓰지 않습니다. 인간들이 큰 잘못을 저지르지 않는 한, 언제나 인내로써 지켜보며 인간들에게 깨우침을 줍니다.

　신은 우리가 볼 수 없는 모든 것을 볼 수 있고, 인간이 할 수 없는 모든 것들을 할 수 있습니다. 하지만 인간은 아무리 애를 써도 절대 신이 될 수 없습니다.

　왜 그럴까요. 인간에겐 신과 같은 창조력과 절대 권력이 없기 때문입니다. 이렇듯 신은 모든 것을 알고 있고, 모든 것을 창조하는 거룩한 존재이지요. 그런 까닭에 신의 가르침과 뜻을 외면해서는 안 됩니다. 이에 대해 공자孔子는 이렇게 말했습니다.

　"나는 항상 스스로 반성하지 않으면 안 된다는 것을 알고 있다.

신은 모든 것을 알고 있다. 그리고 신의 법칙은 변하지 않는다. 신은 모든 것을 볼 수 있고 모든 것 속에 존재하고 있다. 그리고 나는 이 모든 것을 알고 있다. 신은 모든 것의 내부에 깊이 스며들어 있다. 마치 햇빛이 어두운 방 안에 비쳐 들듯이 우리는 신의 빛을 반영하도록 노력해야 한다. 마치 두 개의 악기가 서로 공명하듯이 그렇게 말이다."

공자의 말에서 알 수 있듯 신은 모든 것을 알고 있고, 신의 법칙은 변하지 않으며, 신은 모든 것을 볼 수 있고, 모든 것에 존재하기에 우리는 신의 빛을 반영하도록 노력해야 합니다.

그렇습니다. 공자의 말대로 신의 빛을 반영토록 하는 것, 즉 신의 가르침을 좇아야 합니다. 그것이야말로 모든 잘못으로부터 벗어날 수 있고, 자신을 행복하게 하고 잘되게 하는 최선의 길이니까요.

신은 모든 것을 알고 있고, 모든 것을 창조하는 거룩한 존재입니다. 그러므로 신의 가르침을 외면해서는 안 됩니다. 그 가르침이야말로 자신을 복되게 하는 은총인 것이니까요.

020

꿈을 주는 것처럼
행복한 것은 없다

누군가에게 꿈을 주는 것처럼 행복하고 보람된 일은 없습니다. 미국 역사에서 기부문화의 1세대로 아름다운 삶을 살았던 앤드류 카네기는 자신의 경험을 많은 사람에게 나누어주었습니다. 그의 경험은 많은 사람들이 꿈을 이루는 데 큰 힘이 되어주었습니다.

삼류 기자에서 자기계발 동기부여가이자 저술가로 성공했던 나폴레온 힐. 그가 성공할 수 있었던 것은 카네기의 도움이 있었기 때문입니다. 카네기는 그에게 성공한 사람들의 이야기를 연구하여 책으로 쓰게 했던 것입니다. 카네기의 제안을 받아들여 사람들을 취재하고 연구한 끝에 《생각하라, 그러면 부자가 되리라Think and Grow Rich》라는 책을 써서 크게 성공했습니다.

카네기처럼 누군가에게 꿈을 주는 일은 아름답고 창의적인 일이며 생산적인 일입니다. 내가 누군가에게 꿈을 주면, 그 몇 배의 꿈의 대가가 내게 되돌아오기 때문이지요.

꿈이 있는 사람은 아름답습니다.
꿈을 꾸는 사람은 미래를 사는 것입니다.
꿈을 꾼다는 것은 영원을 사는 것이기에
나는 꿈을 주는 사람이 되고 싶습니다.

이는 나의 〈꿈을 주는 사람〉이란 시의 마지막 연입니다. 이 시구에서 보듯 누군가에 꿈을 주는 것은 영원을 사는 것이기에 꿈을 주는 사람은 아름답고 행복한 것입니다. 그런 까닭에 성공한 인생으로 멋지게 살았던 사람들 중엔 누군가에게 꿈을 주는 것을 보람으로 여기고, 그 일에 매진했다는 것은 그만큼 누군가에 꿈을 주는 일이 행복하고 보람되었기 때문이지요.

그렇습니다. 내가 아닌 다른 누군가에 꿈을 주는 꿈의 사람이 되는 것, 그것은 곧 자신을 복되게 하는 일인 것입니다.

누군가에게 꿈을 주는 것은 행복하고 보람된 일입니다. 내가 누군가에게 꿈을 주면, 그 몇 배의 꿈의 대가가 내게 되돌아오기 때문이지요. 꿈을 꾸세요. 내가 아닌 다른 누군가에 꿈을 주는 꿈의 사람이 되십시오.

021

태양을 바라보고
살아가라

미국에서 태어나 교육자, 사회주의 운동가, 작가로 일생을 풍미했던 헬렌 켈러. 그녀는 정상적으로 태어났지만 심한 열병으로 시력과 청력을 잃어버리고 말도 할 수 없었습니다.

그녀의 운명이 바뀌기 시작한 것은 앤 설리번을 가정교사로 맞고 나섭니다. 헬렌 켈러는 설리번으로부터 철저하게 교육을 받고, 펄킨스 시각장애학교에 입학하여 공부를 마친 후 케임브리지학교를 나와 레드클리프 대학교에 입학하여 좋은 성적으로 졸업했습니다. 그녀는 사회운동을 통해 장애인들의 권익과 여성들의 참정권을 주장하고 자유와 평화를 위해 노력했지요.

장애의 몸으로 사회주의 운동가로, 교육자로, 작가로 열정적인 삶을 살았던 헬렌 켈러는 많은 사람들에게 귀감이 되는 성공적인 인생을 살았던 불굴의 여성입니다.

"태양을 바라보고 살아라. 그대의 그림자를 못 보리라. 고개를 숙이지 마라. 머리를 언제나 높이 두라. 세상을 똑바로 정면으로 바라보라. 나는 눈과 귀와 입을 잃었지만 내 영혼을 잃지 않았기에 그 모든 것을 가진 것이나 마찬가지이다. 고통의 뒷맛이 없으면 진정한 쾌락은 거의 없다. 불구자라 할지라도 노력하면 된다. 아름다움은 내부의 생명으로부터 나오는 빛이다. 그대가 정말 불행할 때 세상에서 그대가 해야 할 일이 있다는 것을 믿어라. 그대가 다른 사람의 고통을 덜어줄 수 있는 한 삶은 헛되지 않을 것이다. 세상에서 가장 아름답고 소중한 것은 보이거나 만져지지 않는다. 단지 가슴으로만 느낄 수 있다."

이는 헬렌 켈러가 한 말로 그녀가 최악의 환경 속에서도 인생의 승리자가 될 수 있었던 것은, 그녀의 말대로 태양을 바라보고 살았기 때문입니다. 즉, 꿈을 향해 끊임없이 나아갔던 것입니다. 그랬기에 천형과도 같은 고통을 이겨내고 귀감이 되는 인생이 될 수 있었습니다.

힘든 일이 가로막아도, 고통과 시련이 괴롭혀도 태양을 바라보고 꿋꿋이 나아가세요. 그것만이 자신의 고통을 행복으로 바꿀 수 있으니까요.

밝음을 쫓는 사람은 밝음 속에서 살지만, 어둠을 쫓는 사람은 어둠 속에 갇히게 됩니다. 당신이 잘되고 싶다면 세상의 밝음을 향해 바라보고 나아가세요. 그 밝음이 인도하는 대로 열심히 따라가세요. 당신 또한 빛이 될 것입니다.

022

인간에게 찾아오는
세 가지 유혹

"살아가는 동안 인간에게는 세 가지 유혹이 찾아온다. 거칠고
강렬한 육체의 욕망, 스스로 우쭐해하는 교만함, 격렬하고 불순
한 이기심이 바로 그것이다."

이는 작가 라메네가 한 말로 인간에게는 세 가지 유혹이 찾아오
는데, 그것은 참을 수 없는 육체의 욕망과 우쭐해하는 교만함, 격
렬하고 불순한 이기심이라는 것을 알 수 있습니다.

그런데 문제는 이 세 가지 욕망이 지나치게 되면 인간은 걷잡을
수 없는 타락의 수렁으로 빠져들게 되지요.

이는 무엇을 말하는 걸까요. 곧 죄의 사슬에 묶여 죄인이 된다
는 것을 뜻합니다. 날마다 매스컴을 장식하는 뉴스와 기사 가운데
이 세 가지 욕망으로 인해 빚어진 사악하고 교활한 인간의 군상들
을 보게 됩니다. 참으로 추악하고 패악한 일이 아닐 수 없습니다.

이 세 가지 욕망을 이겨내기 위해서는 끊임없이 자신의 마음을
갈고 닦아야 합니다. 마음이 진실해지고 건강해지면, 그 어떤 유

혹도 능히 이겨낼 수 있기 때문입니다.

그러나 마음이 부정하고 허약하면, 온 사방에서 눈을 부릅뜨고 유혹이 달려들지요. 늘 이를 조심해야 합니다. 그렇지 않으면 유혹에 말려들어 하나뿐인 소중한 인생을 망가트릴 수 있기 때문입니다.

그렇습니다. 자신이 인생을 맑고 향기롭게 살고 싶다면, 마음을 갈고 닦아 자신의 몸과 마음을 어지럽히는 모든 것들로부터 자신을 당당하게 지켜내기 바랍니다. 자신을 이겨내는 자는 가장 강한 자이고, 진실한 자이며, 진정으로 참사람이니까요.

참을 수 없는 육체적 욕망, 눈살을 찌푸리게 하는 교만함, 자기만 아는 이기심, 이 세 가지를 이길 수 있다면 참인간이 될 것입니다. 물론 이것들을 이긴다는 것은 불가항력일 수도 있습니다. 하지만 참인간이 되기 위해서는 반드시 싸워 이겨야 합니다.

023

완전한 자유를
얻는 비결

"욕구가 많을수록 사람은 많은 것에 예속된다. 많은 것에 욕구
를 느끼면 느낄수록 점점 더 자신의 자유를 잃어버리는 것이 되
기 때문이다. 완전한 자유는 전혀, 아무것도 바라지 않을 때 얻
을 수 있다. 욕구를 적게 가지면 가질수록 사람은 한층 더 자유
롭다."

이는 조로아스터가 한 말로 인간은 모든 욕망으로부터 벗어날
때 비로소 참 자유를 얻는다는 것을 알 수 있습니다. 사랑에 매이
고, 권력에 매이고, 물질에 매이고, 명예에 매이고, 자리에 매이면
매임의 노예가 되어 자유를 억압당하게 되지요. 매인다는 것은 구
속됨을 뜻하고 일단 한번 구속이 되면 매임으로부터 벗어나기가
힘듭니다. 이는 마치 습관과도 같기 때문이지요.

인간으로서 참 자유를 얻고 싶은가요?

그렇다면 욕망을 작게 가져야 합니다. 욕망이 작으면 매임으로
부터 그만큼 벗어날 수 있기 때문입니다. 이에 대해 러시아의 국

민 작가이자 톨스토이즘이란 사상을 정립한 레프 톨스토이는 이렇게 말했습니다.

"욕망이 작으면 작을수록 인생은 행복하다. 이 말은 낡았지만 결코 모든 사람이 다 안다고는 할 수 없는 진리이다."

옳은 말입니다. 욕망은 크면 클수록 그 사람의 자유를 구속하고 억압하지만, 작으면 작을수록 구속과 억압으로부터 벗어나게 되니까요.

노자, 묵자, 장자, 소크라테스, 에픽테토스, 헨리 데이비드 소로 등 인생을 풍미하며 살았던 사람들은 그 누구보다도 자유롭게 살았습니다. 모든 욕망으로부터 진정 자유로웠기 때문이지요.

그렇습니다. 인간으로서 진정한 자유를 얻고 싶다면 욕망으로부터 자유로워져야 합니다. 그런 당신이 진정한 자유인이니까요.

인간은 모든 욕망으로부터 벗어날 때 비로소 참 자유를 얻습니다. 모든 매임으로부터 벗어나는 것, 이것이 참 자유를 얻는 최선의 비법이지요.

진정한 인간은
정신적 탐구로 길러진다

"진정한 인간이 되고자 하는 사람은 세상에 아부하는 태도를 버리지 않으면 안 된다. 진정한 삶을 살고 싶은 사람은 세상에서 선으로 인정하는 것에 이끌리지 말고, 진정한 선이란 무엇인가, 그것은 어디에 있는가 하는 것을 깊이 생각하지 않으면 안된다. 자율적인 정신적 탐구욕보다 존엄하고 생산적인 것은 없다. 무엇보다 먼저, 인생의 모든 일에 대해 그러한 태도를 갖고, 그런 다음에 직면하는 모든 문제를 스스로 해결해야 한다."

이는 미국의 사상가이며 시인인 랄프 왈도 에머슨이 한 말로, 이 말 속엔 그의 인생관이 잘 나타나 있습니다. 사상가답게 그는 정신적인 탐구를 하라고 말합니다. 정신적인 탐구를 통해 진정한 자아를 발전시키고, 그것을 통해 진정한 인간으로 거듭나라는 것이지요.

나는 이 말에 전적으로 동의합니다. 인생에 대해, 삶에 대해, 사물에 대해, 자연에 대해 생각한다는 것은 자신의 존재를 가치 있는 인생으로 만드는 아름답고 경건한 행위입니다.

일찍이 동서양의 선각자들은 하나같이 이를 주장했습니다. 그들 중 특히 르네 데카르트는 이렇게 말했지요.

"나는 생각한다, 고로 존재한다."

데카르트는 생각이 존재보다 앞선다고 주장했습니다. 이의 관점에서 볼 때 에머슨의 주장 또한 데카르트와 맥락을 같이 한다고 하겠습니다. 따라서 진정한 인간은 정신적 탐구, 즉 생각을 통해 길러지고, 나아가 선을 행하는 자이며, 진실을 말하는 자입니다. 그래서 진정한 인간은 언제나 한결같고, 어디에서나 변함이 없는 것입니다.

그렇습니다. 늘 생각하고 통찰하는 정신적 탐구를 통해 진정으로 거듭나는 당신이 되길 바랍니다.

---- ✉ ----

진정한 인간은 자신의 내면을 탐구하는 일에 게을리하지 않습니다. 이는 내면 탐구, 즉 정신적 탐구를 통해 진리를 깨닫는 행위이기 때문입니다. 정신적 탐구를 통해 진정한 인간으로 거듭나야 하겠습니다.

025

악인惡人의 중상모략을
두려워하지 마라

고대 그리스 스토아 학파 철학자인 에픽테토스는 노예 출신의 현자입니다. 그는 자신에게 가해지는 모략과 불합리한 것도 그냥 받아들인 것으로 유명합니다. 이에 대한 일화입니다.

에픽테토스가 노예로 지낼 때 그를 가소롭게 여긴 주인이 그의 다리를 비틀어댔습니다. 그러자 "주인님, 계속 비틀면 다리가 부러집니다" 하고 말했습니다. 그의 말을 듣고 화가 난 주인은 더 세게 비틀어댔고 급기야는 다리가 부러지고 말았습니다. 그러자 그는 "그것 보세요. 다리가 부러지지 않았습니까?" 하고 말했습니다.

주인은 그의 태연한 모습에 놀라움을 금하지 못했습니다. 훗날 에픽테토스는 노예 신분에서 벗어나 대철학자가 되었지요. 보통 사람으로서 에픽테토스처럼 산다는 것은 힘듭니다. 그것은 높고 깊은 경지에 오른 사람이나 할 수 있는 일이니까요.

"유능한 목수는 나무를 조금도 다룰 줄 모르는 사람이 자신의 재주를 칭찬해주지 않는다고 울적해하지 않는다. 악한 이의 중상모략을 두려워하지 마라. 당신의 내면에 있는 단단한 심지까지 상처를 입힐 수 있는 자가 과연 누가 있을까. 나는 나를 근거 없는 말로 헐뜯거나 내 마음에 못을 박으려는 자들을 초연하게 대한다. 그들은 내가 어떤 사람인지, 내가 무엇을 선으로 생각하며 무엇을 악으로 생각하는지 알지 못한다. 그들은 내가 진정한 내 것으로 생각하는 것, 내가 의지하여 살아가는 유일한 진리에 대해 짐작조차 하지 못할 것이다.”

이는 에픽테토스가 한 말로, 그는 중상모략이나 자신에게 가해지는 불합리한 것에 대해 초연해져야 한다고 말합니다. 그것이 모든 것을 평탄케 할 거라는 확신을 가졌던 것이지요.

중상모략이나 불합리한 것은 진실이 아닙니다. 그냥 놔두면 제풀에 쓰러지고 만답니다. 지금 우리 사회는 중상모략과 비난, 불합리한 일들이 연일 매스컴에 오르내립니다. 그러다가 어느 기간이 지나면 진실이 밝혀지지요.

그렇습니다. 진실은 언제나 승리를 하는 법이니까요. 내가 진실하다면 그 어떤 중상모략이나 불합리한 일에 초연하기 바랍니다. 그것이 자신을 진실게임에서 이기게 하는 최선의 비결이랍니다.

중상모략은 진실이 아닙니다. 그냥 놔두면 제풀에 지쳐 쓰러지고 맙니다. 진실은 언제나 승리를 하는 법이니까요.

CHAPTER 2

일상에서
배우는

행복에
이르는 길

삶의 주인공이 되어라.
영원히 이어지는 눈길 위에 발자국을 남겨라.
칠흑 같은 어둠이 장막을 뚫고
환한 밝음으로 가는 길을 개척하라.

_ 파크 벤저민

내 인생의
주인공이 되어라

지구상에는 많은 사람들이 살고 있지만 누구나 삶의 주인공이 되는 것은 아닙니다. 삶의 주인공은 그만한 가치성을 가질 때 될 수 있지요.

삶의 주인공이 되기 위해서는 많은 노력을 필요로 합니다. 그것이 비록 하찮은 일일지라도 노력은 필수조건이지요. 때문에 노력 없이 작은 것 하나라도 헛되이 바란다면 그것은 곧 자신을 기만하는 행위입니다.

그런데 이런 삶의 원칙을 무시하고 삶의 주인공이 되려는 사람들이 있습니다. 남이 힘들게 차지한 자리를 탐내고, 남이 쌓아 놓은 물질을 가로채려고 눈망울을 번뜩입니다. 하지만 쉽게 얻으려고 하다가는 큰 낭패를 당할 수 있습니다.

지혜로운 자는 자신의 턱 밑에 삶의 주인공의 자리를 내주어도 정중히 사양합니다. 그것이 스스로를 무너뜨리게 한다는 걸 잘 알기 때문이지요.

"삶의 주인공이 되어라. 영원히 이어지는 눈길 위에 발자국을 남겨라. 칠흑 같은 어둠이 장막을 뚫고 환한 밝음으로 가는 길을 개척하라."

이는 파크 벤저민이 한 말로 삶의 주인공이 되는 비결을 간략하지만, 명확하고 힘차게 말하고 있습니다.

당신 또한 인생의 주인공이 되고 싶을 것입니다. 이는 인간이라면 누구나 갖게 되는 본능이니까요. 하지만 인생의 주인공은 그냥 되지 않습니다. 그럴만한 가치가 있을 때 비로소 주어지는 인생의 훈장인 것입니다.

진정 당신이 삶의 주인공이 되고 싶다면, 당신이 가진 모든 지혜와 열정을 다 바쳐 노력해야 합니다. 그렇게 최선을 다했을 때 파크 벤저민의 말처럼 영원히 이어지는 인생의 눈길 위에, 당신의 빛나는 발자국을 영원히 남기게 될 것입니다.

✉

자기 인생의 주인공으로 산다는 것은 그 무엇보다 행복한 일이지요. 그러나 그렇게 산다는 것은 뼈를 깎는 고통도 감수할 때만 가능합니다.

하나님이 나에게 주는
무한한 선물

아시아 최초로 노벨문학상을 수상한 라빈드라나드 타고르. 그에게 노벨상을 안겨준 시집 《기탄잘리》. 창조주이신 절대자에 대한 사랑과 감사를 노래한 이 생동감 넘치는 시처럼 사랑하는 이를 사랑할 수 있다면, 얼마나 아름답고 감사한 삶일까요.

내가 사랑하는 사람, 그 사람이야말로 세상에서 가장 소중한 사람이지요. 사랑하는 사람은 곁에 있다는 것만으로도 용기를 주고 위안이 되어줍니다.

님은 나를 언제나 새롭게 하시니,
여기에 님의 기쁨이 있습니다.

빈약한 이 그릇을 님은 비우고 또 비우시며,
언제나 신선한 생명으로 채우고 또 채우십니다.

언덕 넘어 골짜기 넘어 님이 가지고 다니는

이 작은 갈대피리는 님의 숨결을 받아
영원히 새로운 가락을 울려 왔습니다.

님의 불멸의 손길에 내 작은 마음은 기쁨에 젖어
그 한계를 잊고,
표현 불가능한 것들을 말로 바꾸어 놓기도 합니다.

님이 나에게 주는 무한한 선물은
오로지 아주 작은 이 두 손으로만 옵니다.

세월이 흘러도 여전히 님은 나를 채워주지만,
나에게는 아직 채울 자리가 남아 있습니다.

이는 타고르의 〈기탄잘리 1〉이라는 시입니다. 이 시 속엔 하나
님에 대한 절대적인 사랑과 믿음이 잘 나타나 있습니다.

그렇습니다. 타고르가 하나님께 하듯 우리는 이런 사랑을 꿈꾸
고 이런 사랑을 해야 합니다. 사랑은 둘이 함께 함으로써 더욱 빛
나는 행복의 거울이니까요.

타고르는 일찍이 우리나라를 '동방의 등불'로 찬양했습니다. 그는 하나님을 섬기며 가장
축복된 언어로 시를 썼습니다. 그의 시는 마치 아름다운 기도문과 같지요. 이런 시를 많
이 읽어야 합니다. 그것은 영혼을 맑게 하는 깊은 울림이니까요.

028

내 주인이신 당신은
나의 친구입니다

당신이 내게 노래를 부르라 하실 때
내 가슴은 자랑스러움으로 터질 것 같고
나는 당신의 얼굴을 올려다보며 눈물을 흘립니다.

내 생명 속 거칠고 어긋난 모든 것들이
한 줄기 감미로운 화음으로 녹아들고
나의 찬양은 바다를 나는
즐거운 새처럼 날개를 펼쳐 퍼덕입니다.

당신이 내 노래에
즐거움을 얻는다는 걸 나는 압니다.
오직 노래를 부르는 사람으로
내가 당신 앞에 나아감을 나는 압니다.

활짝 핀 내 노래의 날개 끝으로

나는 감히 닿을 수 없는 당신의 발을 어루만집니다.

노래 부르는 즐거움에 젖어
나는 넋을 잃고
내 주인이신 당신을 친구라 부릅니다.

이 시는 라빈드라나드 타고르의 〈기탄잘리 2〉입니다. 이 시에
는 자신이 믿는 하나님에 대한 타고르의 예찬禮讚으로 충만합니
다. 시구마다 하나님에 대한 사랑과 기쁨이 넘쳐흐릅니다.

마치 사랑하는 연인에 대한 뜨거운 사랑이 활활 타오르는 듯 행
복해하는 타고르의 모습이 가슴을 잔잔하게 두드립니다. 하나님
에 대한 타고르의 믿음과 사랑이 얼마나 큰지 잘 알 수 있지요.

타고르는 수많은 사람들과의 교류를 통해 인간의 삶에서 진실
로 필요한 것은 사랑과 배려, 자유와 평화를 수호하고 참되게 살
아가는 거라며 설파했습니다. 그가 이처럼 할 수 있었던 데에는
하나님에 대한 믿음과 사랑이 함께 했기 때문입니다.

믿음은 바라는 것들의 실상이며 보지 못하는 것에 대한 증거입니다. 타고르가 그랬듯 창
조주인 절대자의 믿음과 사랑은 우리를 온유하게 하는 '영혼의 빛'입니다. 그 아름다운
영혼의 빛이 우리를 자유롭게 할 것입니다.

029

희망으로 가득 찬
사람과 교류하라

근주자적 근묵자흑近佳紫的 近墨者黑이라는 말이 있습니다. 붉은 것에 가까이하면 붉게 되고, 검은 것에 가까이하면 검게 된다는 말이지요. 이처럼 사람은 누구를 가까이하느냐에 따라 많은 영향을 받습니다. 이에 대해 탁월한 자기계발 동기부여가인 노만 V. 필 박사는 다음과 같이 말합니다.

"희망으로 가득 찬 사람과 교류하라. 창조적이고 낙관적인 사람과 소통하라. 긍정적이고 능동적으로 행동하라. 그리고 그런 사람을 자신의 주변에 배치하라."

노만 V. 필 박사의 말에서 보듯 그의 말은 공감을 주기에 부족함이 없습니다.

세종대왕은 집현전 학자들을 가까이함으로써 한글을 창제하고 조선을 안정적으로 이끈 최고의 성군이 되었으며, 이순신 장군은 류성룡을 가까이함으로써 임진왜란을 승리로 이끌었으며, 김춘추는 김유신을 가까이함으로써 신라가 삼국통일을 하는 데 기초를 세워 아들 문무왕이 통일을 이루게 했으며, 유비는 제갈량을 가까이함으로써 촉나라를 완성했고, 앤드류 카네기는 찰스 슈왑을 가까이함으로써 세계적인 철강회사를 키웠습니다. 뿐만 아니라 미국의 조지 워싱턴은 알렉산더 해밀턴을 가까이함으로써 미국의 기초를 세웠으며, 프랭클린 루스벨트는 루이 하우를 가까이함으로써 미국 최초로 4선 대통령이 될 수 있었습니다.

그렇습니다. 사람은 누구를 가까이하느냐에 따라 선인善人이 될 수도 있고, 악인惡人이 될 수도 있습니다. 또한 성공한 사람이 될 수 있고, 실패한 사람이 될 수도 있습니다. 그런 까닭에 자신이 생산적이고 긍정적인 사람이 되고 싶다면, 생산적이고 긍정적인 에너지가 넘치는 사람을 가까이하면 됩니다. 이것이야말로 나를 잘되게 하는 최선의 방법이니까요.

✉

당신이 진정으로 원하는 인생을 살고 싶다면 당신에게 선한 영향력을 주는 사람을 가까이하기 바랍니다. 그 사람은 당신에게 빛과 소금이니까요.

030

모든 사람에게
도움을 주는 지식의 힘

"나는 다른 사람의 노력에 힘입어 부자가 되었다. 거저 얻으려
는 생각을 지양하는 방법을 가능한 한 빨리 찾아서 사람들에게
나의 돈을 돌려줄 것이다."

이는 앤드류 카네기가 한 말로, 많은 것을 생각하게 합니다. 그
는 자신의 성공을 다른 사람들이 함께 했기에 이뤘다고 겸손해합
니다. 대개의 부자들은 자신이 잘나고 똑똑해서 부를 쌓았다고 말
합니다. 하지만 그것은 무식하고 오만한 생각이 아닐 수 없습니
다. 무슨 일을 하든 그 일을 해나가는 데는 많은 사람들이 함께 했
다는 것을 간과해서는 안 됩니다. 가령 어떤 기업이 있다고 하면
그 기업에서 일하는 임직원들도 있고, 만든 제품을 사주었던 수많
은 고객들이 있으며, 음으로 양으로 관여했던 사람들이 곳곳에 있
었음을 잊어서는 안 됩니다.

카네기는 이를 너무도 잘 알았던 것입니다. 그랬기에 그는 자신
이 잘나서가 아니라 다른 사람들의 노력에 힘입어 부자가 되었다

고 고백합니다. 그리고 카네기는 누군가에 도움을 주고 싶다는 꿈으로 가득 차 있음을 알 수 있습니다. 그는 자신이 받은 것을 보답하고 싶어 합니다. 그 보답에 대한 방법에 대해 이렇게 말합니다.

"내 재산에서 가장 중요한 부분은 유형과 무형의 재산을 모을 수 있게 해 주었던 지식이다. 이런 지식이 하나의 철학으로 완성되어 성공을 꿈꾸는 모든 사람에게 도움을 주었으면 하는 것이 나의 소망이다."

이 말을 보면 카네기는 물고기를 주는 것이 아니라, 물고기 잡는 방법(지식)을 알려주고자 한다는 것을 알 수 있습니다. 그는 자신의 생각을 실천으로 옮김으로써 많은 사람들에게 꿈을 심어주었습니다. 그가 존경받는 것은 바로 이런 겸손함과 베푸는 마음에 있습니다.

그렇습니다. 누군가에 도움이 되고 꿈을 주는 사람이 되세요. 그것이 진정한 성공입니다.

'아는 것은 힘이다'라는 말이 있습니다. 아는 것은 곧 '지식'을 뜻하지요. 지식의 힘은 지식으로써 원하는 것을 얻을 수 있는 것을 말하지요. 지식은 힘이 셉니다. 지식을 기르는 데 열심을 다하기 바랍니다.

031

일상에서 배우는
행복에 이르는 길

머튼 부부는 미국 전역을 돌며 장사를 했습니다. 우리나라 오일 장처럼 이곳저곳을 돌며 하는 장사였지만 늘 얼굴에는 미소가 떠나지 않았습니다. 만나는 사람 누구에게나 웃으며 친절히 대했고, 행복에 대한 짧은 글을 쓴 엽서를 나눠주었습니다. 그 엽서에는 다음과 같은 글이 적혀 있었습니다.

"네 마음을 증오로부터, 네 머리를 고민으로부터 해방시켜라. 간단하게 생활하라. 기대를 적게 가지고 주는 것을 많이 하라. 네 생활을 사랑으로 가득 채워라. 빛을 발하도록 하라. 나를 잊고 남을 생각하며 남의 일을 자신의 일과 같이 하라. 이상과 같은 일을 일주일 동안 계속하라."

머튼 부부의 엽서를 받은 사람들은 엽서의 글을 보고 자신의 인생을 행복하게 하는 데 힘을 쏟았고 행복한 삶을 보냈다고 합니다. 짧고 단순한 글이지만 이 글 속엔 욕심부리지 않고, 소박하지만 행복하게 사는 지혜가 잘 나타나 있습니다.

행복해지기 위해서는 근심과 걱정, 분노와 미움과 증오로부터 벗어나야 합니다. 기대를 적게 가지고 주는 것을 많이 하고, 자신의 생활을 사랑으로 가득 채워야 합니다. 그리고 평안과 안식을 구하는 일에 힘쓰고, 사랑으로 베풂으로써 마음을 풍요롭게 해야 합니다. 마음이 풍요로우면 즐거움과 행복은 저절로 따라오게 되니까요.

그렇습니다. 우리는 누구나 행복하게 살 권리가 있습니다. 그 권리는 누가 만들어 주는 것이 아닙니다. 오직 자신이 만드는 것입니다. 이를 잊지 말고 즐거운 마음으로 실천하기 바랍니다.

행복은 욕심을 내려놓을 때 스스럼없이 다가오고, 사랑과 베풂을 통해 더욱 크게 다가옵니다. 그리고 누군가에게 행복을 바라지 마세요. 스스로 행복을 만들어 나갈 때 진정으로 행복할 수 있으니까요.

032

멋지게
나이 든다는 것은

사람들 중엔 자신이 나이가 든다는 것을 애써 부정하는 사람들이 있습니다. 이는 매우 어리석은 일입니다. 나이가 든다는 것은 분명한 사실이기 때문이니까요.

그렇습니다. 사람은 언제 어떻게 될지 모르는 유한한 존재입니다. 그렇다면 나이 드는 것을 두려워하거나 부정하지 말고, 하루하루를 행복하고 보람 있게 사는 일에 힘써야 합니다.

"멋지게 나이 든다는 것은 세월의 흐름에 따라 나타나는 진짜 변화를 자연스럽게 받아들이는 것이다. 물론 이 변화에는 우리가 얻을 기회들을 깨닫고 이에 감사하는 것도 포함된다. 이제는 노화와 싸우는 데 투자하는 노력의 일부를 노년을 잘 보내기 위한 방향으로 돌려야 한다. 노년을 긍정적으로 인식하고 그것으로부터 얻을 수 있는 기회를 활용해야 한다."

이는 하버드 대학교수이자 《하버드대 52주 행복연습》의 저자인 탈 벤 샤하르가 한 말로, 그는 행복하게 살기를 바란다면 매사를 긍정적으로 생각하고, 부정적인 생각을 마음으로부터 멀리하라고 말합니다.

왜 그럴까요. 이런 생각을 갖게 되면 무의식중에도 행복한 삶을 살기 위해 생각하게 되고 행동하게 되기 때문이지요.

그렇습니다. 어떤 생각을 하느냐는 참 중요합니다. 모든 행동은 생각하는 대로 따르게 되니까요. 그렇다면 문제는 간단합니다. 세월의 흐름을 자연스럽게 받아들이고 무슨 일이든 즐겁게 하는 것입니다. 즐겁게 하다 보면 새로운 에너지가 발생하고 그 에너지로 인해 보다 더 행복한 내가 될 수 있으니까요. 또한 멋지게 나이 들어가는 것, 그것이야말로 가장 아름다운 인생입니다.

어떤 사람은 나이 들수록 더 멋진 모습을 보이는데 또 다른 어떤 사람은 추한 모습을 보입니다. 왜 이런 현상을 보이는 걸까요. 그것은 생각의 차이에서 오는 것입니다. 자신이 멋지게 나이 들기를 바란다면 매사를 긍정적으로 생각하고 즐겁게 하십시오. 마음이 행복하면 나이가 들어도 청춘의 기분을 느끼며 살게 되니까요.

인생은 자신이
살아내는 긴 여행이다

    인생은 누군가에겐 칠십 년 동안, 또 누군가에겐 팔십 년 동안, 또는 그보다 더 긴 여행과 같습니다. 인생을 여행하다 보면 누구는 뜻한 대로 즐겁게 여행을 하는데, 누구는 자신의 뜻대로 되지 않아 짜증과 불평으로 여행을 하지요.

    뜻한 대로 즐거운 여행이라면 그보다 더 행복한 인생은 없겠지요. 하지만 그렇지 않다고 해도 낙담하여 짜증과 불평을 할 필요는 없습니다. 왜 그럴까요. 오늘은 비록 힘든 여행이 될지라도 내일은 즐겁고 신나는 여행이 될 수 있으니까요.

    그렇다면 어떻게 인생을 여행하는 것이 현명할까요. 즐거우면 즐거운 대로 여행을 하고, 힘들고 짜증이 나더라도 덤덤하게 이겨내야 합니다. 그렇게 하다 보면 자신도 모르는 사이 즐겁게 인생을 여행하는 자신을 발견하게 될 테니까요.

    그렇습니다. 독일의 철학자 프리드리히 니체는 이렇게 말했습니다.

"인생은 그대 자신이 끝까지 살아내는 긴 여행이다."

여행을 하다 보면 즐거운 일도 있고, 힘든 일도 있고, 기쁜 일도 있고, 속상한 일도 있습니다. 그렇다면 너무 기분에 좌우될 필요는 없습니다. 즐거울 땐 즐겁게 살고, 힘들 땐 더 열심히 살면 됩니다. 니체의 말처럼 인생은 자신이 끝까지 살아내야 하는 긴 여행이니까요.

✉

여행을 할 땐 즐겁게 여행을 해야 합니다. 그것이야말로 생산적이고 창조적인 여행이니까요. 그러나 여행을 하다 보면 뜻하지 않게 힘든 일을 겪게 될 때도 있지요. 인생도 마찬가집니다. 즐겁게 인생을 살아야 합니다. 하지만 어려움을 만나 힘들 때도 있습니다. 즐거울 땐 감사하며 살고 힘들 땐 불평불만 대신 더 열심히 살면 됩니다. 그러면 평탄하고 행복하게 살아갈 수 있답니다.

034

내가 가질 수 있는
최상의 자산

"배움의 목적은 사람이 지갑에 돈을 간직하고 있는 것과 같이 지식을 가지고 있는 데 있는 것이 아니라, 지식을 우리 자신의 몸에 스며들게 하는 데 있다. 먹는 식량이 활력을 주고 힘을 돋우는 혈액이 되는 것처럼 배운 지식을 자신의 사상으로 만드는 데 있다."

이는 영국의 정치가이자 정치학자인 제임스 브라이스가 한 말로 배움이 갖는 가치와 목적에 대해 잘 알게 합니다. 배움을 통해 쌓은 지식은 정신적인 자산이기도 하고, 삶의 방편이 되는 최상의 자산이기도 합니다. 때문에 배움은 반드시 필요한 것이며 평생을 해도 부족한 것이지요.

그리고 배운 것은 그것이 무엇이든 반드시 실천에 옮겨야 합니다. 실천이 따르지 않는 배움은 반쪽짜리 배움에 불과하니까요. 그래서 배움의 실천적 행위는 매우 중요합니다. 이에 대해《논어論語》에는 다음과 같은 말이 있습니다.

"무언가를 배우면, 그것을 실제로 행해 봄으로써 그 이치를 깨닫기 전까지 다른 공부를 시작하지 않는 사람이 있다. 그는 실천 없이 지식만 집어넣는 것은 단순히 지식욕을 만족시키는 놀이로 전락할 수 있음을 아는 사람이다."

　그렇습니다. 배움은 단순히 지식의 욕구만을 채우는 것이 아닙니다. 그래서 배움의 가치를 아는 사람은 배운 것을 실제에 적용시키는 데 매우 열심입니다. 최상의 자산인 배움을 익히되, 배운 것을 하나하나 반드시 실천에 옮기기 바랍니다.

돈은 경우에 따라 한순간에 날려버릴 수 있습니다. 그러나 머리에 들어 있는 지식은 어떤 상황에서도 날려버리지 않습니다. 또한 배움이란 자신이 가질 수 있는 최상의 자산입니다. 이 소중한 자산을 반드시 실천에 옮김으로써 자기만의 행복을 영위하기 바랍니다.

035

당신이 이 세상에 온
이유이자 목적

"가슴 뛰는 일을 하라. 그것이 당신이 이 세상에 온 이유이자 목적이다. 그리고 그런 삶을 사는 것이 실제로 가능하다는 사실을 당신은 깨달을 필요가 있다. 자신이 원하는 방향으로 삶을 이끌어가는 힘은 누구에게나 있다. 두려움을 믿는 사람은 자신의 삶도 두려움으로 가득 차게 만든다. 사랑과 빛을 믿는 사람은 오직 사랑과 빛만을 체험한다. 당신이 체험하는 물리적 현상은 당신이 무엇을 믿고 있는가에 따라 결정된다. 자신의 삶을 사는 일, 충분히 자신의 모든 부분을 살아가는 일, 그리고 자기 존재가 이미 완전하다는 것을 깨닫는 일, 지금 당신에게 필요한 것은 그것이다. 삶은 당신이 생각하는 것보다 훨씬 단순하다. 진정으로 가슴 뛰는 일을 하고 있다면 모든 것이 당신에게 주어질 것이다. 우주는 무의미한 일을 창조하지 않기 때문이다. 당신이 가슴 뛰는 삶을 살 때 우주는 그 일을 최대한 도와줄 것이다. 이것이 우주의 기본 법칙이다."

가슴 뛰는 일을 하는 것이 세상 온 목적이라고 말한 다릴 앙카의 말은 매우 의미 있는 말이 아닐 수 없습니다. 그렇다면 '가슴 뛰는 일은 무엇이며 어떻게 해야 할까' 생각해 보는 것은 매우 중요합니다. 가슴 뛰는 일이란 감동적이고, 스스로 가슴 벅차하며 만족한 일을 말합니다.

그런데 분명히 할 것은 가슴 뛰는 일은 딱히 정해져 있지 않다는 것입니다. 일의 겉모습을 보지 말고 그 일이 어떤 것이든 자신이 좋아서 하는 일은 가슴 뛰는 일이라고 할 수 있습니다. 자신이 좋아서 하는 일은 힘들고 고생스러워도 즐겁게 하게 되니까요. 그러기 때문에 남의 눈을 의식하지 말고 자신이 좋아서 하는 일은 그것이 무엇일지라도 즐겁게 해야 합니다. 그렇게 하다 보면 스스로를 만족하게 함으로써 가슴이 벅차오르도록 진한 행복을 느끼게 된답니다.

그렇습니다. 우리는 저마다의 삶을 소중히 해야 하며, 그에 대한 책임과 의무를 다해야 합니다. 그것은 곧 자신을 위한 것이며, 삶에 대한 예의이기 때문이니까요.

자신이 인간으로 태어난 이상 잘 살고 싶다면 가슴 뛰는 일을 하십시오. 일의 겉모습을 보지 말고 자신이 죽도록 하고 싶은 일을 하세요. 그것이 무엇이라도 좋습니다. 자신이 좋아서 하는 일은 힘들어도 가슴 벅차도록 행복하니까요.

036

그럴만한 이유가
있다고 생각하라

    팝 역사상 비틀스만큼 전 세계인들로부터 사랑받은 사람도 드물 것입니다. 부르는 노래마다 크게 히트하면서 인기를 구가하던 비틀스의 노래 중 1970년대 발표해 전 세계에 선풍을 일으켰던 'Let it be'라는 노래가 있습니다. 노래 가사 주요 내용을 잠깐 소개하면 암울한 걱정에 휩싸여 있을 때 성모마리아가 나타나 들려준 말이 바로 'Let it be'이며 이는 '그냥 두어라'라는 뜻으로 '어떤 근심과 걱정스러운 일도 시간이 지나면 다 잘될 거야'라는 희망적인 메시지를 담고 있지요.

    이는 동양적 관점에서 볼 때 노자의 중심사상인 무위자연無爲自然과 같은데, 무리해서 억지로 인위를 가하지 말고, 흐르는 물처럼 순리를 따라 살면 모든 것이 자신이 바라는 그대로 된다는 의미를 지니고 있습니다.

    "고통에 찬 달팽이를 보게 되거든 충고하려고 하지 마라. 하늘의 선반 위로 제자리에 있지 잃은 별을 보게 되거든 그럴만한 이유가 있을 거라고 생각하라. 시계추에게 달의 얼굴을 가지고 있다고 말하지 마라."

이는 장 루슬로가 한 말로, 이 말의 의미는 바로 '그대로 두어라' 라는 것이지요. 불필요한 충고는 때론 마음을 상하게 하고, 모든 일에는 그럴만한 이유가 있고, 남의 일에 참견하지 말라는 것이지요.

그런데 지금 우리 사회는 자신과 상관없는 사람들을 비난하고, 댓글을 달아 공격을 하는 등 반사회적인 언행으로 하루가 멀다 하고 물의를 일으킵니다. 그로 인해 상처를 받은 꽃 같은 연예인은 물론 일반인들도 하나뿐인 목숨을 놓고 하늘의 별이 되곤 합니다.

이런 어처구니없는 일은 사람으로서의 근본이 되어 있지 않은 까닭입니다. 남의 일은 그 어떤 일도 그냥 두세요. 그럴만한 이유가 있다고 생각하세요. 그것은 그 사람의 일이며 그 누구도 간섭하고 비난할 이유가 없습니다. 그러다 보면 어느 사이에 아무 일 없었던 것처럼 모든 것은 평탄해질 테니까요.

사람들 중엔 남의 일에 대해 이러쿵저러쿵 말하는 이들이 있습니다. 하지만 이는 바람 직하지 않습니다. 그냥 두세요. 자신이 모르는 무엇인가가 있다고 생각하세요. 그것이 타인에 대한 예의이니까요. 무엇이든 그대로 두면 어느 순간 아무 일도 없었던 것처럼 평탄해진다는 걸 기억하기 바랍니다.

037

승자와 패자를
가리는 법

　사람을 크게 두 가지로 본다면 자신의 인생을 승리로 이끄는 사람과 패배로 끌고 가는 사람이지요. 승리라는 것은 크게 성공한 사람을 말하기도 하지만 꼭 그렇게 거창한 것이 아닙니다. 자신이 하는 일을 원하는 대로 잘 해내는 것을 말합니다. 패배라고 하는 것은 자신이 할 일을 재대로 해내지 못하는 것을 말하지요.

　인생의 승자가 되기 위해서는 자신이 계획한 것을 철저하게 실행에 옮기고, 어려운 일을 만나도 포기하지 않고 끝까지 해야 합니다. 끝까지 하는 가운데 좋은 결과를 이루게 되니까요.

　그러나 인생의 패자는 할 일을 두고도 미루거나 실행력이 부족합니다. 설령, 자신이 계획한 일을 하더라도 힘이 들거나 난관을 만나게 되면 포기하는 경우가 많지요. 끝까지 해내지 못하니 좋은 결과를 기대하는 것은 어불성설이지요. 모든 문제는 자신에게 있음에도 주변 사람들을 탓하고 환경을 탓합니다. 참으로 못난 생각이 아닐 수 없습니다.

"승자는 눈을 밟아 길을 만들지만 패자는 눈이 녹기를 기다린다."

이는 《탈무드》에 나오는 말로 '승자의 법칙'이라고 할 수 있습니다.

"길이 없으면 길을 찾고, 찾아도 없으면 만들면 된다."

이는 현대그룹 창업주인 정주영이 한 말로 승자가 되는 마음의 자세에 대해 잘 알게 합니다. 정주영은 자신의 말대로 실행한 끝에 현대를 글로벌 기업으로 성장시켰지요.

자신이 하는 일을 잘 해냄으로써 승자가 되고 싶다면 실행력이 뛰어나야 하고 끝까지 해내는 근성을 가져야 합니다. 이를 잘 해내느냐 해내지 못하느냐에 따라 승자와 패자가 가려지는 것이니까요.

인생의 승리자는 무엇인가를 꾸준히 해내는 사람입니다. 꾸준히 하다 보면 그 어떤 것도 좋은 결과를 낳는 법이지요. 하지만 인생의 실패자는 생각만 하고 실행하지 않습니다. 그래 놓고 자신이 불행하다고 말합니다. 이처럼 인생의 승자와 패자는 실행하느냐 하지 않느냐에 따라 결정되는 것입니다.

038

나를 행복하게 하는
평생의 로맨스

자신을 사랑하는 사람은 매사에 긍정적입니다. 언제나 긍정의 에너지가 넘치지요. 마치 열정을 품은 인간 기관차와 같습니다. 그래서 자신을 사랑하는 사람은 어떤 상황에서도 자신이 하는 일에 긍정의 에너지를 품고 최선을 다합니다. 항상 그의 입에서는 'Yes'가 봇물처럼 터져 나오지요. 그래서 언제나 좋은 결과를 내는 것입니다.

아일랜드의 극작가이자 소설가이며 시인인 오스카 와일드는 어머니의 영향을 많이 받았는데, 그의 어머니는 성공한 작가이며 아일랜드 민족주의자였습니다. 오스카 와일드는 자기애가 강하고 열정이 넘치는 어머니를 보면서 자신 또한 자신을 사랑하고 열정적인 사람이 되었지요. 그는 자신을 사랑하는 만큼 자신이 하는 일에서 좋은 결과를 이뤄냈습니다. 그는 후기 빅토리아 시대에 가장 성공한 극작가이며, 그 시대에 가장 알려진 유명인 중 하나로 평가되고 있으니까요. 오스카 와일드는 자신의 경험에서 터득한 지혜를 이렇게 말합니다.

"자신을 사랑하는 것이야말로 평생 지속되는 로맨스이다."

참으로 멋지고 열정 넘치는 말이 아닐 수 없습니다.

그렇습니다. 자신을 사랑하는 것은 자신을 잘되게 하는 일이자 행복하게 하는 일이지요. 그래서일까, 자신의 인생을 성공적으로 살았던 사람들은 하나같이 자기애가 강하다는 공통점이 있습니다.

행복한 인생으로 만들고 싶다면 자신을 사랑하고, 그 열정으로 최선을 다해야겠습니다.

무엇이든 잘되는 사람은 자신을 사랑하는 마음이 강합니다. 그래서 어떤 일을 함에 있어 대충하거나 얼렁뚱땅하지 않습니다. 그것은 자신을 스스로 하찮게 여기는 것이라고 생각하기 때문이지요. 자신을 사랑하는 것은 자신을 잘되게 하는 에너지를 주는 일이지요. 그런 까닭에 자기애가 강한 사람이 잘되는 것입니다.

내 마음의
참모습 찾기

모든 것이 잘 갖춰진 상태에서 얻게 되는 결과보다는 부족한 것 가운데서 얻게 되는 결과가 더 빛납니다. 준비된 가운데서 이루는 결과도 참 아름답지만, 부족한 가운데서 이룬 결과는 그만큼 더 힘들고 노력을 기울여야 하기에 더더욱 아름다운 것이지요.

마음도 마찬가지입니다. 고요함보다는 소란스러운 데서 마음의 고요함을 느낄 수 있어야 참 고요함을 느낄 수 있습니다. 소란함 이라는 것은 부정적인 것으로 그 소란함을 극복하고 느끼는 고요 함은 더욱 고요하니까요.

또한 즐겁지 않은 가운데서 얻는 즐거움이 즐거운 가운데서 얻는 즐거움보다 더 크고 더 즐겁습니다. 즐거운 가운데 얻는 즐거움은 마땅하지만, 괴롭고 고통스러운 가운데 얻는 즐거움은 그만큼 힘들기 때문이지요. 이는 마치 고도의 심신 수양을 통해 얻게 된 깊은 심리적 평온함에서 느낄 수 있거나, 수도자들이 수행을 통해서만이 얻을 수 있는 것이기에 아무나 할 수 없는 것입니다.

"고요한 곳에서 고요한 마음을 지키는 것은 참다운 고요함이 아니다. 소란한 가운데서 고요함을 지켜야만 심성의 참 경지를 얻게 된다. 즐거운 가운데서 즐거운 마음을 지니는 것은 참다운 즐거움이 아니다. 괴로운 곳에서 즐거운 마음을 얻어야만 마음의 참모습을 볼 것이다."

이는《명심보감明心寶鑑》에 있는 말로 소란한 가운데서 지키는 고요함과 괴로움 곳에서 즐거운 마음을 지녀야 마음의 참모습을 느낄 수 있음을 말합니다.

그렇습니다. 고요함보다 소란한 가운데 느끼는 고요함과 즐겁지 않은 가운데서 느끼는 즐거움은 마음을 갈고 닦아야만 느낄 수 있는 마음입니다.

한번 생각해 보세요. 나는 충분히 소란함 속에서 고요함을 느낄 수 있고, 괴로운 가운데서도 즐거움을 느낄 수 있는지를. 요즘 같이 온갖 소음으로 얼룩진 사회에서 마음에 평화를 얻고 즐거움을 느끼며 살고 싶다면, 몸과 마음을 갈고 닦아 내 마음의 참모습을 찾도록 노력하기 바랍니다.

시끄러운 가운데서 고요함을 느끼고, 괴롭고 고통스러운 가운데서 즐거움을 얻길 바란다면, 몸과 마음을 맑고 깨끗하게 해야 합니다. 마음을 수양하면 새로운 눈으로 보고 새로운 귀로 들을 수 있기 때문입니다. 그렇습니다. 마음의 평안을 얻으면 모든 소음과 고통을 이기게 되니까요.

040

역경 속에는 반드시
숨겨진 축복이 들어있다

비바람을 이겨내고 피는 꽃이 더 아름답고 환하게 다가오지요. 비바람을 이겨내지 못하면 꽃을 피우지도 못한 채 스러지고 말지만, 이겨내면 반드시 꽃을 피우게 되고 그런 까닭에 그 어떤 꽃보다도 더 아름답고 예쁘게 보이는 법이니까요.

강한 비바람은 꽃에게 있어서는 역경과도 같은 것처럼 사람도 저마다 역경을 겪게 마련입니다. 그 어느 누구도 정도의 차이가 있을 뿐 역경에서 자유로울 수는 없습니다. 가난이란 역경, 건강이란 역경, 실수와 실패라는 역경은 인간에게는 운명과도 같은 존재이니까요.

"쉽고 평안한 환경에선 강한 인간이 만들어지지 않는다. 시련과 고통을 통해서만 강한 영혼이 탄생하고 통찰력이 생기고, 일에 대한 영감이 떠오르며 마침내 성공할 수 있다."

이는 헬렌 켈러가 한 말로 시련과 고통, 즉 역경이 인간에게 미치는 긍정적인 의미에 대해 잘 말해주고 있습니다. 이 말이 더욱 설득력을 지니는 것은 헬렌 켈러는 보지 못하고, 듣지 못하고, 말하지 못하는 삼중고를 겪으면서도 초인과 같은 인내심으로 자신을 이겨내고 사회사업가로, 작가로 성공적인 인생을 살았기 때문입니다. 헬렌 켈러와 같이 역경을 이겨내고 이룬 성공이 사람들을 감동으로 이끄는 것은 역경을 극복하고 이룬 성공이기 때문입니다.

그렇습니다. 만일 당신의 인생에 폭풍우가 휘몰아칠 때 절대 좌절하지 마세요. 그것은 축복을 주기 위한 전주곡이라고 생각하십시오. 그리고 끝까지 역경과 맞서 싸워 이기세요. 그렇게 할 수 있다면 당신의 인생은 지금보다 완전히 달라진 모습으로 살아가게 될 것입니다.

시련과 역경을 부정적으로 생각하면 인생의 패배자가 되지만, 긍정적으로 생각하면 인생의 승리자가 될 수 있습니다. 자기 인생의 승리자가 되고 싶다면 반드시 역경과 맞서 이겨내기 바랍니다.

041

죽은 벌레를 위한
기도

어느 추운 겨울날 베란다로 나가니 작은 벌레가 죽어 있었습니다. 언제 죽었는지 몸은 이미 빳빳하게 굳어 있었지요. 우리 인간에게는 하찮은 벌레지만 벌레의 쓸쓸한 모습에 측은한 마음이 들었습니다. 벌레도 생명인데 추운 날씨를 이기지 못하고 얼어 죽은 것이지요. 그때 문득 나는 어쩌면 벌레만도 못한 밥이나 축내는 하찮은 인생은 아닐까 하는 생각이 들었습니다.

그 순간 나는 벌레를 위해 기도를 해야겠다고 생각하고 시를 쓰기 시작했습니다. 다음은 그때 쓴 〈죽은 벌레를 위한 기도〉라는 시입니다.

추운 겨울 어느 날
베란다 바닥에 벌레 한 마리 죽어 있다.

저 작고 여린 몸으로
한평생을 버티며 살다 주검으로 남았다.

죽는다는 것은 온몸에
물기가 말라버리고,
온 생애의 물기가 말라버리는 것일까.

나무껍질처럼 빳빳하게 굳어버린
새끼손톱만 한 벌레의 사체를
휴지에 곱게 싸 쓰레기통에 버렸다.

우리 또한 언젠가 물기 말라버린
생애의 마지막 날을 맞게 될 것이다.
그날, 누군가의 생애에 짐이 되지 않는
생이 되어야 하느니,

벌레여, 부디 바라노니 잘 가거라.
네가 가는 그곳에선
푸른 피 도는 맑은 생으로 거듭나거라.

아, 겨울 하늘이
푸른 바다보다 깊고 푸르다.

이 시에서 말했듯이 부디 벌레가 가는 그곳에선 푸른 피 도는
맑은 생으로 거듭나기를 바랐지요. 그리고 하늘을 바라보는데 겨

울 하늘이 어찌나 푸른지 푸른 바다보다도 더 깊고 푸르렀습니다. 벌레를 위한 기도는 결국 내 자신에 대한 반성적 의미이자 다짐이었습니다.

그렇습니다. 나는 누군가의 생애에 짐을 덜어주는 인생이 될지언정, 절대로 짐이 되지 않는 생으로 끝까지 살고 싶었습니다. 그래서였을까요, 그날 나는 좀 더 경건한 마음으로 하루를 보낼 수 있었습니다.

희망은 희망을 사랑하고 좋아하는 자를 좋아합니다. 그래서 그런 사람에게는 언제나 희망이 함께합니다. 어떤 실패와 좌절에도 두려워하지 말고, 희망을 꽉 붙잡으세요. '죽음'이라는 두 글자가 주는 이미지는 캄캄함, 어둠, 숨 막힘 등의 공포적 분위기가 물씬 풍겨납니다. 그러나 죽음 또한 우리 인간이 반드시 맞아들이는 거룩한 삶의 의식입니다. 그렇습니다. 그러기에 자신의 인생에 부끄러움이 없는 삶을 살아야 하겠습니다.

042

감사와 고마움을
생활 습관이 되게 하라

축복의 비결이 무엇이냐고 묻는다면 감사와 고마워하는 것을 습관화시키는 거라고 말하고 싶습니다. 상대가 자신에게 한 일에 대해 감사해하고 고마워하는 것은 상대에 대한 예의이자 신뢰에 대한 표현이니까요.

그래서일까, 작은 일에도 감사해하고 고마움을 잘 표현하는 사람들이 인생을 더 긍정적으로 살고, 자신이 하는 일에 대한 자긍심이 강하다고 합니다. 감사와 고마워하는 품성은 자신에게도 상대에게도 매우 바람직한 삶의 태도라고 할 수 있습니다.

감사와 고마움이 무럭무럭 자라도록 하라.
그것이 생활의 습관이 되게 하라.
누구에게나 감사하라.
고마움을 잃게 되면,
사람은 행한 일들에 대해 감사하게 된다.
할 수 있었지만

못한 일에 대해서도 고마움을 느낀다.

어떤 이가 도와주면 그대는 고마워하는데
그것은 단지 시작에 불과하다.
그다음에는 누군가가
그대에게 해를 끼칠 가능성이 있는데도
그렇게 하지 않은 것에 감사하게 된다.

상대방이 그렇게 하지 않은 것이 고마운 것이다.
일단 감사에서 생기는 감동은
마음속 깊이 가라앉혀 두면
그대는 모든 것에 고마움을 느끼게 된다.
그리하며 고마움을 느끼면 느낄수록
불평과 투덜거림은 훨씬 더 줄어들게 된다.
불평이 사라지면 고통도 사라진다.
고통은 불편과 더불어 있으며
불평하는 마음도 함께 연결되어 있다.
고통은 감사하는 마음과 공존할 수 없다.
이것이 배울 만한 가장 중요한 비밀들 중에 하나이다.

이는 인도의 사상가이자 작가인 오쇼 라즈니쉬의 시로 이 시에
서 보듯 고마움을 느끼면 느낄수록 불평과 투덜거림은 훨씬 더 줄

어들게 됨으로써, 불평이 사라지고 그런 만큼 삶의 고통도 사라지게 돼 매사를 감사하게 되고, 그럼으로써 자신을 잘되게 하는 것이지요.

이렇듯 매사에 감사하는 마음으로 산다는 것은 자신을 축복으로 이끄는 비결입니다. 감사함은 자신을 좀 더 겸허하게 하고, 타인에 대해 생각하게 하지요. 이런 생각들이 삶을 경건하게 하고, 지극히 작은 일에도 더욱 감사하게 하니까요.

그렇습니다. 감사를 습관화시키는 것, 고마워하는 마음을 습관화시키는 것 그것은 결국 자신을 잘되게 하는 일이랍니다.

매사에 감사하고 고마움을 갖는 마음엔 생산적인 에너지가 들어있습니다. 그래서 그런 사람들이 인생을 보다 풍요롭게 살고 창의적으로 살아갑니다. 감사하는 마음과 고마움을 갖는 것은 스스로를 잘되게 하는 최선의 비결이랍니다.

043

사람이 일을
해야 하는 이유

"일하는 것이 인생이다. 일하는 사람의 마음에서는 신의 능력과도 같은 힘이 솟구친다. 신성한 생활력이 솟는 것이다. 이 힘은 전능하신 하나님께서 우리에게 내리신 능력이다. 사람이 하기 힘든 노동일수록 그 가치는 고귀하고 신성한 것이다."

이는 영국의 사상가이자 역사가인 토머스 칼라일이 한 말로 일에 대한 개념과 가치성에 대해 잘 알게 합니다. 칼라일의 말에서 보듯 사람은 태어날 때부터 일을 하는 존재라는 걸 알 수 있습니다. 그런데 그 일은 먹고 살기 위한 수단으로써 뿐만 아니라 하나님이 부여한 신의 능력처럼 신성한 생활력이 솟는 수단인 것입니다. 다시 말해 일은 그 자체가 하나의 신성한 가치라는 것을 의미하지요.

"일하지 않는 사람은 절대 올바른 생각을 할 수 없다. 일하지 않으면 게으름과 비뚤어진 마음을 갖게 만든다. 긍정적인 행동이 뒤따르지 않는 사고思考는 병균과도 같다."

이는 영국의 극작가이자 노벨문학상 수상자인 조지 버나드 쇼가 한 말로 일이 지니는 의미와 가치를 잘 알게 합니다. 일을 하지 않고서는 바른 생각을 할 수 없고, 게으르고 비뚤어진 마음을 갖게 한다고 말합니다. 그리고 긍정적인 행동이 뒤따르지 않는, 즉 일하지 않는 사고思考는 병균과도 같다고 신랄하게 말합니다. 이처럼 인간에게 있어 일이란 매우 소중한 존재이며 삶의 활력소입니다. 그런 까닭에 일하지 않는 자는 먹지 말라는 말이 있습니다.

그렇습니다. 먹는다는 것은 그만한 대가를 치를 때 비로소 가치를 지니게 되며, 삶의 의미를 구현함으로써의 가치를 지니게 되지요.

그런데 일을 우습게 알고 먹는 것을 우습게 아는 이들이 있습니다. 그 얼마나 무엄 방자한 일인지요. 일하는 것을 즐겨 하세요. 일하는 즐거움이 당신을 복되게 할 테니까요.

일을 신성한 종교와 같이 여긴다면 그 어떤 일도 감사해하며 소중히 여기게 될 것입니다. 왜 그럴까요. 일은 하나님이 인간에게 부여한 신성한 생활력이기 때문이지요. 자신이 하는 일을 사랑하세요. 일은 당신을 배반하지 않고 원하는 것을 줄 테니까요.

044

높은 덕성을
갖는다는 것은

德不孤 必有隣
덕불고 필유린

이는《논어論語》〈이인里仁〉편에 나오는 말입니다. '덕이 있는 사람은 외롭지 않고 반드시 이웃이 있다'는 말로 이런 사람이야말로 그 누구에게나 존경받고 인정받습니다. 덕을 베풂으로써 자신의 사랑을 남에게 주는 까닭이지요. 그리고 인자무적仁者無敵이라는 말이 있습니다. '어진 사람에게는 적이 없다'는 말로 어진 성품이 인간관계에 있어 얼마나 중요한 소통의 수단인지를 잘 알게 합니다.

덕을 쌓는 일은 자신을 높이는 일입니다. 그래서 덕 있는 사람은 어디를 가든 존경을 받고 그로 인해 자신이 원하는 얻게 되는 것입니다.

"높은 덕성을 갖는다는 것은 자유로운 정신을 갖는다는 것을 의미한다. 끊임없이 불쾌한 마음에 빠지고, 언제나 사물에 불안 감을 가지고, 욕심에 사로잡히는 사람은 자유롭고 평안한 정신을 갖지 못한다. 언제나 자기 자신에 대해 평온을 유지하지 못하고, 자기가 하는 일에 골몰하지 못하는 사람은 보아도 보지 못하는 사람이며, 들어도 듣지 못하는 사람이며, 먹어도 맛을 모르는 사람이다."

이는 《논어論語》에 있는 말로, 높은 덕성을 갖는 것은 곧 자유로운 정신을 갖는다는 것을 의미합니다. 자유로운 정신을 갖기 위해서는 불안하고 불쾌한 감정 등 부정적이고 탐욕적인 마음을 버려야 한다는 것을 잘 알게 합니다. 왜 그럴까요. 부정적이고 탐욕적인 마음이 덕성을 쌓는 데 있어 방해가 되기 때문이지요.

그렇습니다. 덕은 인간이 반드시 갖춰야 할 최고의 덕목이기에, 덕을 쌓기 위해서는 부정적이고 탐욕적인 마음을 버리고, 자유롭고 평안한 마음이 되게 하는 데 있어 게을리하지 말아야겠습니다.

덕이 있는 사람은 외롭지 않고 어딜 가든 환대를 받는 것은 덕은 사랑을 베푸는 것과 같기 때문입니다. 그렇습니다. 덕은 자신에게도 사람들에게도 선한 영향력을 끼치는 매우 소중한 삶의 수단이자 가치입니다.

내가 사랑받는 것처럼
남을 사랑하라

러시아의 국민 작가인 레프 N. 톨스토이는 부유한 명문 백작가의 4남으로 태어났습니다. 그러나 불행하게도 그의 나이 2살 때 어머니를 잃고, 아버지마저 여읜 채 친척에 의해 양육되는 불행한 어린 시절을 보냈지요. 이러한 환경은 그가 가난하고 소외된 사람들을 위해 헌신하는 삶을 사는 데 동기부여가 되었습니다. 그는 '톨스토이주의'의 창시자이자 실천자로서 착취에 기초를 둔 일체의 국가적, 교회적, 사회적, 경제적 질서를 비판하는 동시에 그 부정을 폭로하고 악에 대항하기 위한 폭력을 부정, 기독교적 인간애와 자기완성을 주창했습니다. 《전쟁과 평화》, 《부활》 등의 작품에는 그러한 그의 사상이 잘 나타나 있습니다.

"그대가 사랑받는 것처럼 남을 사랑하라. 또한 그대가 받는 것만큼 남에게도 베풀어라. 항상 자신을 낮추고 남을 이롭게 하라. 관용으로써 분노를 극복하라. 선으로써 악을 정복하라. 나 자신의 어리석은 생각, 그릇된 판단, 그리고 잘못을 범하기 쉬운 나쁜 습관을 버려라. 해야 할 일을 하고 감당해야 할 일을 감당하라. 양심은 자신의 유일한 증인이다."

이는 톨스토이가 한 말로 그는 사랑의 실천자답게 내가 사랑받는 것처럼 남을 사랑하라고 말합니다. 받은 것만큼 남에게 베풀라고 말하지요.

그러나 대개의 사람들은 사랑받기를 바랍니다. 이는 지나친 이기심에서 오는 것이지요. 또한 모든 것이 자기를 중심으로 해야 된다고 생각합니다. 이는 오만의 극치이지요. 정녕 사랑받고 싶다면 자신이 사랑받는 것처럼 남을 사랑해야 합니다. 그래야 자신이 한 것처럼 자신도 사랑받게 되는 것입니다.

그렇습니다. 사랑은 베풀 때 더욱 큰 사랑으로 돌아오지요. 따라서 자신이 먼저 사랑을 베푸는 것이야말로 더 큰 사랑을 받는 비결이랍니다.

사랑을 받으려고만 한다면 그것은 이기심일 뿐입니다. 사랑은 받는 것이 아니라 먼저 베푸는 것입니다. 왜 그럴까요. 그래야 더 큰 사랑으로 돌아오니까요. 이를 '사랑의 법칙'이라고 말합니다. 그래서 사랑의 법칙을 실천하는 사람이 진정으로 행복한 사람입니다.

아무에게도
적이 되지 않는 사람

"친절한 말은 짧고 쉽게 말할 수 있다. 하지만 그 말의 메아리는 진정 끝이 없다."

이는 마더 테레사 수녀가 한 말로 친절한 말이 얼마나 울림이 크고 깊은지 잘 알게 합니다.

"친절은 이 세상을 아름답게 만들며 모든 비난을 해결한다. 그리고 얽힌 것을 풀어주고, 어려운 일을 수월하게 만들고, 암담한 것을 즐거움으로 바꾼다."

이는 레프 N. 톨스토이가 한 말로 친절이 인간관계에 있어 미치는 긍정적인 효과에 대해, 그리고 일을 해나가는 데 있어 미치는 영향에 대해, 또 고난과 같은 현실을 이겨내는 데 미치는 역량에 대해 적확하게 짚어주고 있습니다.

"똑똑한 것보다는 친절한 것이 낫다."

이는《탈무드》에 나오는 말로 친절의 가치에 대해 잘 알게 합니다.

그렇습니다. 테레사 수녀와 톨스토이가 말했듯 친절은 그 어떤 삶의 요소보다도 인간관계에 미치는 영향이 절대적입니다. 그런 까닭에 친절한 사람은 예의가 발라 어디를 가든 환영을 받습니다. 친절은 배려하고 사랑하는 마음이 없이는 하기 힘들기 때문이지요. 그런 이유로 친절한 사람에게는 적이 없습니다. 그래서 친절한 사람은 성공적인 삶을 사는 데도 매우 유리합니다.

친절한 사람은 종교가 주지 못하는 감동을 사람들에게 선물합니다. 진정 잘되고 싶다면 친절하게 말하고 행동하세요. 친절은 참 아름다운 미덕입니다.

친절한 사람은 아침 햇살보다 더 온화하고 따뜻합니다. 그래서 친절한 사람을 만나면 분노가 일던 마음도 사라지고, 자신도 선한 사람이 되고 싶은 마음에 사로잡히지요. 친절은 인간관계를 선하게 이끌어주는 목자牧者와도 같습니다.

지금 이 순간 무엇을
하느냐가 중요하다

"할 일이 생각나면 지금 하십시오. 오늘 하늘은 맑지만 내일은 구름이 보일는지 모릅니다. 어제는 이미 당신의 것이 아니니 지금 하십시오."

이는 미국의 시인 로버트 해릭의 〈지금 하십시오〉라는 시의 일부로 지금이란 이 순간이 얼마나 중요한지에 대해 잘 알게 합니다. 지금이란 순간은 바로 '지금'을 말하고 그 순간이 지나면 이미 지금이 아닌 것입니다. 이미 과거가 되고 마는 것이니까요. 그리고 두 번 다시는 '지금'이란 순간을 맞이할 수 없습니다. 이렇게 볼 때 지금이란 이 순간이 얼마나 소중한지를 잘 알 겁니다.

지금 이 순간 당신은 무엇을 하고 있습니까? 지금 당신이 하고 있는 그 일이 얼마나 중요한지를 알아야 합니다. 그 일이 당신의 인생을 바꿔놓을지도 모르기 때문이지요. 지금 하고 있는 일, 그 일에 최선을 다하십시오. 그렇게 할 때 좋은 결과를 얻게 되고, 설령 좋은 결과를 얻지 못해도 후회가 적은 법이지요. 지금 이 순간을 잘 사는 법에 대해 영국의 작가이자 사상가인 토머스 칼라일은 이렇게 말했습니다.

"과거가 아닌 현재의 순간만을 살면 쓸데없는 고민으로부터 벗어나 주변 세상을 있는 그대로 응시하게 되고, 그 순간부터 당신 눈앞의 세상은 훨씬 더 흥미롭고 아름답게 변할 것이다. 또한 젊은이들에게는 지혜롭고 현명한 스승이 되고, 아이들에게는 부모들이 채워줄 수 없는 부분을 채워주는 정신적 스승의 역할도 할 수 있다. 중요한 것은 나이를 먹었다는 사실이 아니라 지금 이 순간 무엇을 하며 사느냐이다."

칼라일의 말에서 보듯 지금 현재를 잘 사는 것이 얼마나 자신의 인생을 가치 있게 하는지를 잘 알게 합니다.

그렇습니다. 과거에 집착하지 말고 지금 무엇을 하든 현재를 잘 사는 것, 그것이 내일을 잘 사는 가장 확실한 비결입니다.

지금 아무리 힘들고 어려워도 도망치지 마세요. 과거가 아무리 화려하고 좋았다고 해도 집착하지 마세요. 과거는 이미 흘러간 시간, 지금 아무리 힘들어도 무엇을 하느냐가 중요합니다. 지금을 열심히 사는 것, 그것이 자신을 위한 최선의 비책이랍니다.

CHAPTER 3

잠재적인 삶의 의미를

깨닫는 지혜

행복이란 스스로 만족하는 데 있다.
남보다 나은 점에서 행복을 구한다면
영원히 행복하지 않을 것이다.
그것은 누구나 남보다 나은 한두 가지 나은 점이 있지만
열 가지가 남보다 뛰어난 사람은 없다. 그러므로
남과 비교하지 말고 스스로 만족할 줄 알아야 한다.

_ 알랭

이 세상은
책이다

"이 세상은 책이다."

이는 성 아우구스티누스가 한 말로 책장을 넘기듯 하루하루를 열심히 살아야 함을 의미하지요. 교부, 신학자, 사상가인 아우구스티누스는 알제리의 타가스테에서 이교도인 아버지와 그리스도인인 어머니 사이에서 태어났습니다. 어려운 집안 형편으로 공부를 중단했지만, 16세 때 수사학을 배우기 위해 카르타고로 유학을 갔습니다. 그는 철학에 심취하게 되었으며, 이단이던 마니교도가 되어 10년 동안 보냈지요.

그러나 그는 회의를 느끼고 마니교를 나와 수사학과 철학을 가르쳤습니다. 그러다 밀라노 주교인 암브로시우스 만나 회심을 하고, 세례를 받고 수도 생활을 시작했습니다. 그 후 사제로 서품을 받았으며, 발레리우스 주교가 죽자 히포 주교가 되어 사랑과 봉사로 일생을 보냈습니다. 주요 저서로《고백록》,《행복론》,《신국론》,《삼위일체론》외 다수가 있습니다.

그는 젊은 시절 방황하며 이교도에 빠져 어머니 모니카를 실망시키고 속상하게 했지만, 어머니의 눈물 어린 기도로 회심하고 일생을 건실하게 살았지요. 그는 그러한 자신의 인생 경험에 의해 '이 세상은 하나의 책이다'라는 멋진 말을 남겼지요.

이 세상을 하나의 책이라고 한다면 어떻게 책을 읽어야 할까요? 대충 읽어야 할까요, 아니면 한 장 한 장 꼼꼼히 정독해야 할까요. 내용을 파악하고 잘 이해하기 위해서는 당연히 정독을 해야 하겠지요. 당신이 아는 만큼, 세상은 당신에게 베풀어 줄 테니까요.

그렇습니다. 날마다의 오늘을 자신이 할 수 있는 한 최선을 다해 사십시오. 그것은 누구의 것도 아닙니다. 바로 당신의 인생을 사는 것입니다.

"인생은 한 권의 책과 같다." 이는 장 파울이 한 말로 아우구스티누스가 말한 '이 세상은 하나의 책이다'라는 말과 일맥상통합니다. 그렇습니다. 인생을 한 권의 책과 같이 소중히 여겨 한 장 한 장 책장을 넘기듯 오늘을 열심히 사세요. 그것은 바로 당신을 위한 것이니까요.

049

원대한 희망을 갖고
살아야 하는 이유

"행복과 불행은 사람의 마음 가운데 살고 있다. 그러므로 인생을 짧게 보는 사람에겐 행복은 허무하고 불행은 오래가지만, 원대한 희망을 가진 사람에겐 행복은 오래가고 불행은 짧다."

이는 소설《25시》의 작가 게오르규가 한 말로, 그는 오래가는 행복을 느끼며 살고 싶다면 원대한 희망을 가지라고 말합니다. 왜 그럴까요. 게오르규의 입장에서는 원대한 희망을 갖는 자만이 오래가는 행복을 누리며 살 수 있기 때문입니다. 왜냐하면 원대한 희망이 그 사람에게 계속해서 희망을 속삭이기 때문이지요.

원대한 희망은 그 어떤 고난이 가로막아도, 고난이란 인생의 벽을 뛰어넘어 행복한 삶을 살아가게 하는 꿈의 에너지입니다. 그래서 원대한 희망을 품고 있으면 생기 넘치는 에너지가 솟아나 못 이룰 것이 없습니다. 그런데 현실을 살아가는 사람들은 그렇게 생각하지 않는 것 같습니다. 당장 눈앞에 보이는 것만 쫓아가려고 하니까요. 그러다 현실이 막막해지면 불만을 토로하고, 자신은 불행한 사람이라고 불평을 해댑니다.

현실에 너무 급급해하지 말아야 합니다. 모든 일엔 순서가 있고 순리가 있습니다. 서두른다고 해서 해결되는 것은 아무것도 없습니다. 도리어 자신을 망치게 하는 경우가 더 많습니다. 자신이 원하는 것을 얻어 오래가는 행복을 꿈꾼다면, 좀 더 멀리 내다보고 자신의 인생을 계획하세요. 멀리 내다보는 자의 눈이 아름답게 빛나는 것은 원대한 희망을 품고 자신의 미래를 향해 나아가기 때문입니다.

원대한 희망에는 담대한 꿈이 어려 있습니다. 원대한 희망을 품고 원하는 꿈을 이루어 행복한 당신이 되길 바랍니다.

원대한 희망을 가진 사람의 가슴에는 담대한 꿈이 자랍니다. 그 어떤 고난과 역경을 이겨낼 수 있는 끓어 넘치는 에너지가 뜨겁게 불타고 있습니다. 당신이 원하는 것을 얻고 싶다면 원대한 희망을 품으세요. 그리고 힘차게 나아가세요. 담대한 꿈이 당신의 손을 잡아줄 것입니다.

지성을 갖춰야
하는 이유

"학문의 목적은 음식이 활력을 주고 기력을 돋우는 피가 되듯
배운 지식을 자신의 사상으로 만드는 데 있다."

이는 영국의 역사학자인 제임스 브라이스가 한 말로 학문의 목
적에 대해 잘 알게 합니다. 학문의 목적은 여러 가지로 규정지을
수 있지만, 브라이스는 학문의 목적을 배운 지식으로 자신의 사상
을 만드는 데 있다고 역설했습니다. 자신의 사상을 갖는다는 것,
그것은 지성을 쌓아야만 맺게 되는 결실이지요.

지성의 유무에 따라 삶을 대처하는 방법에 큰 차이가 납니다.
지성인은 같은 일을 겪어도 슬기롭게 판단하고 대비하지요. 배움
을 통해 나름대로 해결 방안을 터득했기 때문입니다. 하지만 지성
을 갖추지 못한 사람은 우왕좌왕하며 갈피를 잡지 못합니다. 일을
해결하는 능력이 부족한 까닭이지요.

"젊을 때 쌓은 지성은 노년기의 악을 미리 예방하는 것과 같다.

만일 당신이 지성을 갖추는 것이 노년기를 위한 양식을 미리 준비해 두는 것으로 이해한다면 당신이 늙었을 때 영양 결핍이 되지 않기 위해서 당신은 젊었을 때 미리 대비하고 준비해야 한다."

이는 르네상스 시대 최고의 화가이자 건축가, 과학자이기도 한 레오나르도 다빈치가 한 말로 지성의 소중함을 잘 알게 합니다. 그가 이와 같은 말을 남길 수 있었던 것은 당대 최고의 지성을 갖추고 그림, 건축, 과학, 해부학, 물리학, 천문학, 지리학 등 다방면에서 큰 성과를 이룬 성공한 인생이었기에 가능한 말이지요.

그렇습니다. 배우고 익히는 일에 열중하여 지성을 갖춰야 합니다. 지성은 노년기의 악을 미리 예방하는 것과 같이, 자신의 인생을 돋보이게 하는 보석과도 같은 것이니까요.

인간에게 있어 배움이란 필수조건이지요. 배움을 통해 새로운 진리를 터득하게 되고 그로 인해 자신의 인생을 원하는 방향으로 이끌고 갈 수 있으니까요. 그렇습니다. 배움은 참으로 값지고 소중한 삶의 덕목입니다. 배움에는 때가 없으니, 배우는 일에 힘쓰기 바랍니다.

051

스스로를 낮추는 자는
낮아짐으로써 더 높아진다

인간은 대개 남보다 높아지고 싶어 하고, 높은 자리에 오르면 더 높은 자리에 오르고 싶어 합니다. 이는 인간이 갖는 보편적인 심성이지요. 그런데 문제는 인간의 삶을 무너뜨리고 추락하게 하는 주요 요인은 남보다 내가 높아지고 싶은 욕망에 있다는 것입니다. 욕망은 인간을 우뚝서게도 하지만 대개는 한없이 비참하고 비굴하게 만들지요.

이런 욕망으로부터 벗어나기 위해서는 스스로를 낮추는 자가 되어야 합니다. 스스로를 낮추는 자는 오히려 높아지고, 스스로를 높이는 자는 낮아진다는 말은 겸허해야 함을 뜻합니다. 이에 대해 《탈무드》에는 다음과 같이 이릅니다.

> "자신에게 합당한 자리보다 낮은 자리에 앉으라. 아래로 내려가라는 말을 듣는 것이 위로 올라가라는 말을 듣는 것보다 나으니라. 스스로를 높이는 자는 하나님에 의해 낮춰지지만 스스로를 낮추는 자는 하나님이 그를 높여 주리라."

그렇습니다. 이것이 바람직한 자세인 것입니다. 그런 까닭에 겸허한 자는 겸허함으로써 오히려 높임을 얻습니다.

조선 초기 영의정을 지낸 황희 정승은 겸허함과 청빈함의 대명사라 할 만합니다. 그는 만인지상일인지하萬人之上一人地下의 절대권력을 가졌음에도 재물을 탐하지 않았으며, 권력을 이용해 그 어떤 불법도 저지르지 않았습니다. 또한 양반이든 천민이든 인간은 누구나 소중히 여겨 대했으며, 많은 백성들로부터 존경과 칭송을 한 몸에 받았습니다. 그는 겸허한 인생의 교과서와도 같은 존재입니다.

예로부터 사람들은 겸허한 자를 존경하고 우러러봅니다. 겸허한 자는 누구에게나 예의 바르고 배려심이 뛰어나며, 자신을 드러내기 위한 그 어떤 말과 행동도 하지 않습니다.

사람들과 좋은 관계를 맺음으로써 자신의 인생을 행복하게 살고 싶다면 자신을 겸허히 하고 몸을 낮추기 바랍니다.

✉

스스로를 낮추는 자는 높임을 받고 스스로를 높이는 자는 낮아진다는 이 진리를 마음에 새겨 실천하십시오. 사람은 누구나 몸을 낮추고 겸허한 사람을 좋아하고 존경합니다. 그런 사람은 '벽'이 없기 때문입니다. 사람과 사람 사이에 벽을 만들지 않는 사람, 그 사람은 바로 겸허한 사람입니다.

052

존재의
영원함

　자신의 욕망, 바람으로부터 벗어나면 넉넉한 마음으로 유유자적하며 살아가게 됩니다. 그러나 욕망과 바람에 매이게 되면 졸렬하고 편협한 마음으로 살아가게 됩니다.

　성인聖人으로 불리는 이들은 자신의 욕망으로부터 벗어남으로써, 그 어느 것에도 구속되지 않고 영원한 삶을 살 수 있었습니다. 그러나 범인凡人들은 그렇지 못합니다. 작은 것에 연연하고 미련을 버리지 못합니다. 또한 무엇이든 손에 쥐려고만 합니다. 그래서 늘 자신을 불행하다고 여기는 것이지요.

　"하늘과 땅은 영원하다. 그것이 영원한 것은 하늘과 땅이 자신을 위해 존재하기 시작한 것이 아니기 때문이다. 그러므로 존재는 영원한 것이다. 그와 마찬가지로 성인도 자기로부터 벗어남으로써 영원해진다. 그는 영원해짐으로써 비할 데 없이 강력해지고 자기에게 필요한 모든 것을 성취한다."

이는 노자老子가 한 말로, 성인도 자기로부터 벗어남으로써 영원해지니, 모든 것에서 벗어나라고 말합니다. 그래야 영원할 수 있다는 것입니다.

그렇습니다. 물질의 속박으로부터 벗어나는 것, 명예의 속박으로부터 벗어나는 것, 탐욕의 속박으로부터 벗어나는 것, 경쟁의 속박으로부터 벗어나는 것 등 그 어떤 것에도 매이지 않을 수 있다면 그것이야말로 진정한 자유이며 영원을 사는 것입니다. 이렇게 산다는 것은 범인으로서는 이쪽 산을 저쪽으로 옮기는 것처럼 힘들고 불가능할지도 모릅니다.

그러나 진정으로 영혼이 자유롭길 바란다면 그렇게 해야 합니다. 그것이 가장 확실한 방법이며, 그로 인해 존재는 영원함을 얻게 될 테니까요.

존재의 가벼움, 모든 것을 손에서 놓았을 때 느끼게 되는 자유의 마음입니다. 이러한 마음으로 살아갈 수만 있다면 삶의 속박으로부터 벗어나 영원한 자유를 얻게 될 것입니다.

053

사악한 마음을
버려라

'간사하고 악독함.'

이는 사악(邪惡)의 사전적 의미로 사악한 마음을 품고 말하고 행동하는 것이 얼마나 무서운 일인지를 잘 알게 합니다. 사악은 인간의 마음이 아니라 악귀(惡鬼)의 마음이며 그 자체입니다. 그런 까닭에 사악한 마음은 타인에게 상처를 줍니다. 뿐만 아니라 자신역시 상처를 입게 됩니다. 또한 사악한 마음은 자신에게나 상대를구속하고 파멸을 불러옵니다. 그래서 사악한 자가 있는 곳에 자유와 평화, 안식이란 없습니다. 이에 대해 고대 그리스 철학자 소크라테스는 이렇게 말했습니다.

"우리는 욕심 많고 인색한 사람이 왜 미움을 받는지 잘 알고 있다. 인색한 사람은 부자가 되기 위해 남의 재산까지 탐을 낸다. 따라서 그 사람은 자신의 이익을 위해 남을 해치는 것이다. 그런데 사악한 인간은 자기에게 아무런 이익이 없는데도 남을 해

친다. 게다가 남에게 해를 줄 뿐만 아니라 자기 자신까지도 해
친다."

지금 지구상에는 사악한 자들이 벌이는 위험한 전쟁놀이에 많
은 사람들이 희생을 당하고 있습니다. 권력을 장악한 사악한 자들
이 권력을 유지하기 위해 폭탄을 퍼붓고, 가진 자들은 배를 불리
기 위해 가난한 자들의 주머니를 강탈합니다. 아무 잘못도 없는
사람에게 함부로 주먹을 휘둘러 상처를 주고, 마음 깊은 곳에 아
픔을 남깁니다.

사악한 마음은 인간의 마음이 아닙니다. 그것은 인간의 마음으
로 변신한 악귀의 마음입니다. 악귀의 마음이 여기저기서 파행을
일삼습니다. 우리는 사악한 자들의 추악한 놀이에서 벗어나야 합
니다. 그렇지 않으면 자신 또한 사악한 자의 추종자가 되어 사악
한 길을 가게 됩니다.

행복한 내가 되기 위해서는 사악한 마음을 버리고, 사랑의 마음
을 품어야 합니다. 사랑의 마음은 모든 불평등과 불만과 억압과
사악한 마음을 기쁨의 꽃밭으로 만드니까요.

사악한 마음을 품은 자의 눈은 분노로 이글거리고, 입은 거칠고, 행동은 난폭합니다. 그
래서 이런 자와 함께 한다는 것은 자신 또한 사악한 마음에 물들게 되지요. 행복하고 싶
다면 사악한 마음을 버리고 사랑의 마음을 품고 살아야 합니다. 사랑은 그 모든 것을 품
어 안는 평화의 마음이니까요.

054

지나간 날에 대해
후회하지 마라

"지나간 일을 후회하지 마라. 후회한들 무슨 소용이 있단 말인가? 허위는 회개하라고 말한다. 그러나 진실은 오직 사랑하라고 말한다. 모든 추억을 멀리하라. 지나간 일에 대해 얘기하지 마라. 오직 사랑의 빛 속에 살며 그 밖에 모든 것은 지나가 버리는 대로 내버려 두어라."

지나간 것에 연연해하는 것이 인생입니다. 이는 인간이기에 갖게 되는 모순적 삶이지요. 왜 인간은 지나간 것에 매여 살까요. 그것은 인간은 기억의 동물이기 때문입니다. 기억이 갖는 두 가지 의미를 본다면 첫째는 좋은 기억입니다. 좋은 기억은 인간을 긍정적이고 낙관적이게 합니다. 그래서 좋은 것만 생각하게 합니다. 둘째는 나쁜 기억입니다. 나쁜 기억은 인간을 부정적이고 비관적이게 합니다. 그래서 나쁜 생각에 빠져 허우적거리게 합니다.

이런 관점에서 볼 때 좋은 기억은 얼마든지 해도 좋습니다. 좋은 기억은 에너지를 주고, 기분을 좋게 하고, 무엇이든 낙관적으로 생각하게 하니까요. 하지만 나쁜 기억은 안 하는 것이 좋습니다. 기억하면 할수록 부정적인 생각을 하게 하고 나쁜 인생을 살게 하기 때문이지요.

서두에 있는 문장은 페르시아 금언으로 지난날은 후회하지 말되, 진실만을 사랑하라고 합니다. 그리고 오직 사랑의 빛 속에 살며 그 밖에 모든 것은 지나가 버리는 대로 내버려 두라고 합니다.

그렇습니다. 후회는 언제나 후회를 남기는 법입니다. 그러나 진실은 언제나 아름다운 정의를 남깁니다. 지난날을 후회하지 않기 위해서는 오늘을 진실하게 살면 됩니다. 진실은 모든 것을 품어주고 감싸 안아주기에 후회를 남기지 않는 청정한 마음이니까요. 하여, 진실은 사랑에서 오나니 사랑으로 진실한 당신이 되기 바랍니다.

사람은 크게 두 가지 타입이 있습니다. 지난날을 그리며 아름다운 기억을 품고 사는 사람과 지난날을 후회하며 괴로워하는 사람이 있습니다. 그렇다면 어떤 사람이 되어야 할까요. 당연히 지난날을 그리며 아름다운 기억을 품고 사는 낙관적이고 긍정적인 사람이 되어야 합니다.

055

선善을 행하되
악행을 멀리하라

"범사에 헤아려 좋은 것을 취하고 악은 어떤 모양이라도 버려라."

이는 신약성경 데살로니가 전서(5장 21~22절) 말씀입니다. 이 말씀을 보면 매사에 좋은 것은 취하고, 악은 그 어떠한 것일지라도 행하지 말라고 강조합니다.

그렇습니다. 선행은 많이 행할수록 좋습니다. 선행은 참으로 아름다운 일이며 미덕입니다. 하지만 악은 행할수록 죄의 무게만 늘어갑니다. 악행은 추악한 일이며 용서받지 못할 범죄입니다.

"예수께서 대답하여 이르시되 어떤 사람이 예루살렘에서 여리고로 내려가다가 강도를 만나매 강도들이 그 옷을 벗기고 때려 거의 죽은 것을 버리고 갔더라. 마침 한 제사장이 그 길로 내려가다가 그를 보고 피하여 지나가고 또 이와 같이 레위인도 그곳에 이르러 그를 보고 피하여 지나가되 어떤 사마리아 사람은 여행하는 중 거기 이르러 그를 보고 불쌍히 여겨 가까이 가서 기름과 포도주를 그 상처에 붓고 싸매고 자기 짐승에 태워 주막으로 데리고 가서 돌보아 주니라."

이는 누가복음(10장 30~34절)에 나오는 말씀입니다. 제사장과 레위인은 강도당한 자를 외면했지만, 사마리아인은 진실로 선을 행한 사람입니다. 더구나 그는 유대인들이 싫어하고 멀리하는 이방인이지만 어려움에 처한 사람을 온 마음을 다해 사랑으로 보살펴 주었습니다. 선은 이처럼 아름답고 감동을 주는 멋진 행위입니다.

선행은 선행을 부르고 악행은 악행을 부릅니다. 그래서 선한 영향력은 아름다운 결과를 낳고, 악은 추악한 결과를 낳습니다. 선행은 참이며 악행은 거짓입니다. 그런 까닭에 언제나 참인 선을 행하도록 힘써야 하는 것입니다. 그 모든 것은 결국 자신을 위한 것이니까요.

선을 행하면 선으로 돌아오고 악을 행하면 악으로 돌아옵니다. 종두득두種豆得豆, 즉 콩을 심으면 콩이 남을 뜻합니다. 그렇습니다. 심은 대로 거두는 법입니다. 좋은 결과를 얻고 싶다면 좋은 것으로 행하기 바랍니다.

056

최선으로
생각하는 행동

최선으로 생각하는 행동을 한다는 것은 쉽지 않습니다. 그렇게 하기 위해서는 절제할 수도 있어야 하고, 양보할 수도 있어야 하고, 배려할 수도 있어야 합니다. 사실 이렇게 생각하고 행동한다는 것은 고도의 마음수련이 필요하지요. 인격자가 아니면 하기 힘든 일이니까요. 이에 대해 고대 그리스 철학자 에픽테토스는 이렇게 말했습니다.

"인간은 항상 자신이 최선으로 생각하는 행동을 한다는 것을 기억하라. 만약 그게 아니라면 그는 그만큼 불행하다. 왜냐하면 모든 미망에는 반드시 고뇌가 따르기 때문이다. 만약 당신이 이와 같은 사실을 잊지 않고 있으면, 당신은 누구에게도 화내지 않고, 아무도 비난하거나 공격하지 않으며, 누구도 미워하지 않을 것이다."

에픽테토스가 이렇게 말한 것은 인간으로서 마땅히 해야 할 삶의 자세이기 때문입니다. 그리고 나아가 자신을 행복하게 하는 일입니다. 더구나 요즘 같이 복잡 다양한 시대에는 더더욱 이런 삶의 자세를 견지해 나가야 합니다. 그렇게 함으로써 남을 비난하지 않고, 화내지 않고, 공격하지 않고, 미워하지 않으므로 보다 여유로운 마음으로 자신의 인생을 즐기며 살아가게 될 것이니까요.

그렇습니다. 좋은 생각은 좋은 행동을 하게 하고 나쁜 생각은 나쁜 행동을 하게 합니다. 이에 대해 베스트셀러《무엇을 생각하며 살 것인가》의 저자이자 인생의 멘토로 불리는 제임스 앨런은 이렇게 말했습니다.

"좋은 생각과 행동은 결코 나쁜 결과를 낳을 수 없다. 나쁜 생각과 행동은 결코 좋은 결과를 낳을 수 없다."

옳은 말입니다. 좋은 생각과 행동으로 한 번뿐인 인생을 멋지게 살아야 하겠습니다. 그것은 곧 자신을 복되게 하고 인간답게 하는 일이니까요.

생각하는 대로 살면 생각하는 대로 살고 사는 대로 살면 사는 대로 생각한다는 말이 있습니다. 또한 '그 사람이 하루 종일 하는 생각은 그 사람이다'라는 말이 있습니다. 그렇습니다. 인생을 잘 살고 싶다면 좋은 생각을 하고 그대로 행동하기 바랍니다.

057

자신의 결점을
고치기

사람들은 누구에게나 그 사람만의 결점이 있습니다. 게으르다든가, 약속을 잘 지키지 않는다든가, 남을 흉보고 비난을 한다든가, 거짓말을 한다든가, 말을 거칠게 한다든가, 물건을 빌려 쓰고 돌려주지 않는다든가, 욕심이 많다든가 하는 등의 결점이 있기 마련입니다. 사람이기에 결점이 있는 것은 당연한 일이지요.

그런데 문제는 결점을 알고도 고치지 않는다는 데 있습니다. 결점은 나쁜 습관과 같아 반드시 고쳐야 합니다. 자신의 결점을 고친다는 것은 자신이 좀 더 가치 있는 인생으로 살아갈 수 있다는 것을 의미하니까요. 생각해 보세요. 결점 없이 사는 것과 결점에 갇혀 사는 것 중 어떤 것이 더 인간다운 삶인지를.

당연히 결점 없이 사는 것이라고 말할 것입니다. 하지만 자신의 결점을 알아도 곧 잊고 마는 게 인간입니다. 왜냐하면 자신에겐 관대하고 타인에게 엄격하기 때문이지요. 또한 인간은 남의 결점은 잘 보면서도 자신의 결점은 보지 못하는 까닭이지요.

그러나 남의 결점을 통해 자신을 돌아볼 줄 안다면 문제는 달라집니다. 남의 결점을 통해 자신의 결점을 고치게 됨으로써 깨끗하고 좋은 이미지를 주게 되니까요. 이에 대해 라 브뤼에르는 이렇게 말합니다.

"만일 우리가 다른 사람들 속에서 자기 자신의 모습을 볼 수 있다면, 그것보다 빨리 우리의 결점을 바로잡아 주는 것은 없을 것이다."

라 브뤼에르의 말처럼 자신의 결점을 바로잡는다면 사람들은 이런 사람을 좋아하고 그와 가까이 지내길 바랍니다. 남으로부터 썩 괜찮은 사람이라고 인정받는다는 것, 그것은 자신이 인생을 잘 살고 있다는 증거임을 알아야 하겠습니다.

결점은 자신을 욕되게 하는 흠입니다. 그런데 흠이 두고도 고치지 않는 사람들이 많습니다. 그것은 자신을 스스로 욕되게 하는 일입니다. 결점은 반드시 고쳐야 합니다. 그래야 탈 없이 잘 살아갈 수 있으니까요.

돈에서 행복을
찾으려고 하지 마라

사람들이 흔히 하는 착각은 죽을 때 돈을 갖고 가는 것처럼 여
긴다는 것입니다. 돈이라면 불법과 탈세도 상관치 않습니다. 있는
사람들이 더 돈에 목을 맵니다. 지금 우리 사회는 소득의 불균형
에 따른 위화감이 점차 확대되고 있습니다. 비단 이는 우리나라뿐
만 아니라 전 세계가 마찬가지입니다.

1%가 99%의 이익을 소유하는, 이 어처구니없는 현실 앞에 미
국 월가로부터 시작한 분노는 도미노 현상을 일으키며 전 세계가
울분을 토한 적이 있습니다. 오직 돈만 보고 달려가려고 합니다.
이것이 인생을 파국으로 치닫게 하는 줄도 모르면서 말이지요.

행복은 돈에 있을 것 같지만 그렇지 않습니다. 돈은 각자 형편
에 따라 필요한 만큼만 있으면 됩니다. 그런데 탐욕에 빠져 더 많
은 돈을 소유하려고 하니 불행을 초래하는 일도 서슴지 않는 것입
니다.

진정으로 행복한 사람은 자신이 하는 일에 만족하는 사람입니
다. 이에 대해 영국의 철학자이자 사회비평가이며 노벨문학상 수

상 작가인 버트런드 러셀은 이렇게 말했습니다.

"행복하다는 사람들을 자세히 살펴보면 공통점이 있다. 그중 가장 중요한 것은 그들이 하는 일이다. 일은 그 자체만으로도 즐거울 뿐만 아니라 그것이 쌓여 점차 우리 존재를 완성하는 기쁨이 되게 한다."

참으로 올바른 지적이 아닐 수 없습니다.
그렇습니다. 돈에서 행복을 찾지 마세요. 돈이 사라지는 순간 허망함의 우물에 빠져 헤어나지 못할 것입니다. 하지만 자신이 하는 일에서 행복을 찾는다면 그 행복은 오래가고, 스스로를 만족스럽게 할 것입니다.

진정으로 자신이 행복하길 바란다면 물질에서 행복을 찾지 말아야 합니다. 자신이 하는 일에서 행복을 찾아야 합니다. 그래야 스스로 만족함으로써 오래가는 행복을 누릴 수 있습니다. 일은 자신의 영혼을 환히 밝히는 삶의 등불입니다.

하루아침에
되는 것은 없다

밥을 지을 때 쌀을 씻고, 물을 적당히 맞추고 가스 불을 켜야 합니다. 쌀만 있다고 해서 그냥 밥이 되는 것은 아니지요. 이와 마찬가지로 세상에 존재하는 모든 것들은 사람이든 나무든 꽃이든 저마다의 길이 있고 저마다 순리에 따라 이어가고 이루어집니다. 또한 존재하는 모든 것들이 역할을 잘할 수 있도록 배경이 되어주는 대상이 있습니다.

그러나 순리를 따르지 않고 대상을 무시한다면 어떻게 될까요. 그 어떤 결과도 이뤄낼 수 없습니다. 과정을 무시하고 단박에 좋은 결과를 얻는 경우는 그 어디에도 없습니다. 이는 과거에도 그랬고, 현재도 그러하며, 미래에도 그럴 것입니다.

순리가 무너지면 존재의 가치가 사라지고 맙니다. 뿐만 아니라 주변에서 협력하고 도움을 주었던 것들까지도 쓸모없게 되고 말지요. 그 어떤 것도 금방의 효과를 내기 위해 서둘러선 안 됩니다.

"로마는 하루아침에 이루어지지 않았다."

이 격언에서 보듯 로마는 하루아침에 이루어지지 않았기에 천년을 갈 수 있었습니다.

이렇듯 하루아침에 되는 것은 없습니다. 그렇습니다. 그 무엇이든 과정을 거치지 않으면 그 어떤 결과도 얻을 수 없습니다. 한 단계 한 단계 과정을 거치면서 그에 맞게 맞춰나가야 하는 것입니다. 그러는 과정에서 만족을 얻게 되고 그로 인해 삶의 희열을 느끼게 되고 긍정적인 결과를 낳는 것입니다.

"만족은 결과가 아니라 과정에서 온다."

이는 청춘의 심벌로 유명한 배우 제임스 딘이 한 말로 과정의 중요성을 잘 알게 합니다. 삶의 이치가 이럴진대 무엇이든 하루아침에 이루려고 조급하게 굴지 마십시오. 차근차근 과정을 거치면서 나가다 보면 원하는 결과를 얻게 되는 것이니, 이 평범한 진리를 따라 실천하기 바랍니다.

빌딩을 짓기 위해서는 터를 파고 콘크리트를 치고 철 구조물로 틀을 짜 벽돌을 쌓아 올려 나가야 합니다. 이런 과정을 거치지 않으면 결코 빌딩을 짓지 못합니다. 그렇습니다. 무엇이든 과정이 있는 법 하루아침에 원하는 것을 이루기 위해 무리하지 말아야겠습니다.

운명에 맞서
당당히 싸워 이겨라

운명을 지배하느냐 운명에 지배를 당하느냐는, 오직 자신에게
달린 문제입니다. 역사적으로 볼 때 어떤 이들은 운명을 지배했
고, 어떤 이들은 운명의 지배를 받았음을 알 수 있습니다. 운명을
지배했던 사람들에겐 불우한 운명도 피해 갔습니다. 하지만 운명
의 지배를 당한 사람들은 불우한 운명의 바다에 빠져 허우적거리
며 불행의 노예가 되었지요. 그렇다면 문제는 분명해집니다.

자신이 원하는 삶을 살기 위해서는 운명을 지배하는 쪽을 택해
야 합니다. 그러기 위해서는 스스로 강해져야 합니다. 그 어떤 불
우한 운명과도 맞서 이길 수 있을 만큼 강해져야 합니다. 강하지
못해 운명에 지배를 받으면 불우한 운명의 노예가 될 뿐이니까요.

지금 우리 사회는 자신을 불행하다고 여기는 사람들로 가득합
니다. 이는 대단히 잘못된 일입니다. 일이 잘 안 풀린다고, 취업이
잘 안 된다고 해서 자신을 불우한 운명이라고 생각하지 마십시오.
물론 고통스럽고 힘든 것 다 압니다. 그럴수록 긍정적으로 세상을
바라보고 자신을 생각해야 합니다.

142

"나는 내 운명의 주인이며, 나는 내 마음의 선장이다."

이는 영국의 시인이자 비평가인 윌리엄 어니스트 헨리가 한 말로, 자신에게 주어진 운명은 자신의 것이며, 자신의 마음을 조정하는 것도 자신이라는 것을 말해줍니다.

그렇습니다. 자신의 삶을 기쁨으로 이끌고 싶다면 운명에 맞서 싸워 이겨야 합니다. 자신에게 주어진 운명은 자신의 운명이니까요. 그리고 당당하게 자신의 길을 가야 합니다. 그랬을 때 빛나는 인생의 면류관을 쓰게 될 것입니다.

운명을 이기는 자는 자신이 원하는 인생을 살게 되고 운명에 지는 자는 운명의 지배를 받게 됩니다. 그렇습니다. 그렇다면 문제는 간단합니다. 그 어떤 운명에도 지지 마세요. 그러면 고난을 이겨내고 반드시 빛을 보게 될 것입니다.

온 힘을 다해
그대의 길을 헤쳐 나가라

우리가 살고 있는 세상은 커다란 인생의 바다입니다. 사람들은 날마다 인생의 바다에서 자신만의 배를 타고 항해를 합니다. 인생의 바다가 잔잔하고 고요하면 좋으련만, 도처에 수많은 장애물이 깔려 있습니다. 인생의 바다를 항해하다 보면 험한 파도도 만나고, 태풍도 만나고, 커다란 암초도 만나게 되니까요. 이럴 때 누가 나를 도와주었으면 하는 마음이 간절해지지요. 그래서 주위를 살피며 도움을 줄 대상을 찾곤 합니다. 다행히 도움을 줄 대상을 만나면 위기의 순간으로부터 벗어나는 행운을 얻을 수 있습니다. 하지만 도움을 줄 대상을 만나지 못하면 당황하게 되고 절망하게 됩니다. 그리고 삶의 거센 풍랑에 영원히 휩쓸려 갈 수도 있습니다. 그러면 어떻게 해야 할까요. 이에 대해 미국의 시인 존 G. 휘티어는 이렇게 말합니다.

"인생이라는 바다에 큰 폭풍우가 몰아칠 때 안전한 해변에서 하나님이 구원해주시지 않을까 가만히 기다리지 말고 몸과 마음을 다해 힘껏 헤쳐 나가라."

휘티어의 말에서 보듯 능동적으로 행한다는 것은 모든 위기로
부터 자신을 구해낼 수 있는 가장 현명하고 적극적인 방법이라고
할 수 있습니다.

그렇습니다. 가만히 기다리지 말고 위기의 순간에서 벗어날 수
있도록 온 힘을 다해 힘껏 헤쳐 나가야 합니다. 스스로 풍랑을 헤
쳐 나가는 것만이 위기의 순간에서 자신을 보호할 수 있습니다.

위기의 순간 '누군가가 날 도와주겠지'라고 도움을 기다리지 말
고 스스로를 지켜내는 힘, 그것이야말로 어려움으로부터 벗어날
수 있는 가장 확실한 방법입니다.

해가 쨍하고 뜨는 맑은 날이 있는가 하면 비가 내리고 거센 비바람이 휘몰아치는 날도
있습니다. 마찬가지로 살다 보면 행복에 겨운 날도 있고, 고통스런 날도 있습니다. 날마
다 행복하다면 참 좋겠지만, 불행을 느끼고 슬픔을 느낀다면 더더욱 힘차게 나가야 합
니다. 그래야 불행과 슬픔을 몰아내고 행복을 찾을 수 있을 테니까요.

062

성찰,
위대한 발견의 지혜

모든 위대한 발견은 그냥 이루어지는 법이 없습니다. 언제나 자신의 내부에서 시작하고 발전하고 그리고 마침내 위대한 모습을 드러내게 됩니다. 이런 위대한 발견은 깊은 성찰을 필요로 하지요.

성찰하기 위해서는 자신을 돌아볼 수 있는 눈을 길러야 합니다. 독서를 하고, 마음을 비우고 묵상하는 시간을 가져야 합니다. 이렇게 반복하는 가운데 사물에 대한 혜안이 열리고, 삶을 간파하는 눈이 밝아집니다.

그런데 이런 노력 없이 위대한 삶의 진실을 깨닫는다는 것은 불가능합니다. 자신이 보다 깊이 있는 자아를 발견하고 싶다면, 그래서 보다 삶을 관조하며 살고 싶다면 혜안을 기르는 일에 힘써야 합니다.

"매일 자신을 새롭게 하라. 마음이 새롭지 않고서는 어떤 것도 이룰 수 없다."

이는 동양 명언으로 매일 자신을 새롭게 하라는 것은 날마다 성찰함으로써 깨우침을 가지라는 의미입니다. 그래야만 새로운 생각으로 자신이 원하는 것을 이룰 수 있다는 것이지요.

"우리가 항상 하던 대로만 한다면 우리는 항상 얻었던 것만 얻게 될 뿐이다."

이는 영국의 정신과 전문의인 알란 코헨이 한 말로 자신이 새로운 것을 얻길 바란다면 지금과 다른 생각을 해야 한다는 것입니다. 생각이 새로워야 새로운 것을 얻는 데 도움이 되니까요.

그렇습니다. 그것이 무엇이든 깊은 성찰을 통해서만 좋은 생각을 해냄으로써 위대한 발견을 하게 되고, 남보다 앞서 자신이 바라는 길을 걸어가게 되는 것입니다.

인생을 살아가는 데 있어 좀 더 나은 삶을 살길 바란다면 생각이 새로워야 합니다. 그래야 새로운 생각으로 자신의 일을 좀 더 새롭게 하게 되고, 그로 인해 자신의 인생을 새롭게 할 수 있을 테니까요. 삶도 생각도 새롭게 하는 유일한 방법은 성찰하는 것입니다. 성찰은 자신을 새롭게 바꾸는 가장 보편적이면서도 가장 탁월한 방법입니다.

언젠가를 위해
탄탄하게 준비하라

준비가 탄탄한 연극무대는 관객들에게 충분한 감동을 주기에 마땅합니다. 하지만 준비가 제대로 갖춰지지 않는 연극은 관객들로부터 외면받기 십상입니다. 관객을 감동시킬 만큼 준비가 되지 않았다는 것은 배우들로서는 직무유기와 같으니까요. 관객을 감동시키기 위해서는 피나는 연습과 감동을 줄 수 있는 요소가 잔잔하게 깔려 있어야 하는 것입니다.

인생도 마찬가지입니다. 자신의 품은 뜻을 성공적으로 펼치기 위해서는 준비하는 데 소홀함이 없어야 합니다. 힘들고 어려운 일이 따른다 하더라도 능히 이겨내야 합니다. 그래야 빛나는 인생으로 거듭날 수 있습니다.

그런데도 이를 생각지 못하고 자신이 한 것 이상의 것을 바랍니다. 그리고 자신이 바라는 대로 되지 않으면 불평과 불만을 쏟아놓습니다. 이는 자신의 인생을 껍데기로 만드는 못나고 어리석은 행위이지요.

"언젠가 번개에 불을 켜야 할 사람은 오랫동안 구름으로 살아야 한다."

독일의 철학자이자 사상가인 프리드리히 니체의 말처럼, 자신의 뜻을 펼치기를 원한다면 그날을 위해 지금은 참고 견디면서 온전히 부지런히 준비하고 실행에 옮겨야 합니다. 준비하고 실행하는 것만이 최선의 방법이니까요.

"나는 준비할 것이다. 그러면 언젠가는 나의 기회가 올 것이다."

이는 에이브러햄 링컨이 한 말로 그는 수많은 실패에도 포기하지 않고 자신의 말대로 철저하게 준비함으로써 미국의 제16대 대통령이 되었으며 미국 정치사에서 가장 훌륭한 인물이 되었습니다.

그렇습니다. 삶은 언젠가를 위해 준비하는 자에게 기쁨을 선물한다는 것을 잊지 마세요. 당신도 그 삶의 주인공이 될 수 있을 테니까요.

무언가를 이루기 위해서는 철저하게 준비를 해야 합니다. 준비하는 과정에 어려움이 따르더라도 필히 이겨내야 합니다. 그리고 빈틈없이 실행에 옮겨야 합니다. 철저히 준비하고 실행하는 것만이 자신이 원하는 것을 얻게 하는 최선의 비법인 것입니다.

064

스스로
만족하는 삶

물질에서 행복을 찾는 사람들은 더 많은 것을 손에 쥐기 위해 애씁니다. 그래서 늘 물질을 찾아 굶주린 이리처럼 눈을 번뜩이며 이리저리 헤맵니다. 그런데 문제는 이런 사람들은 아무리 좋은 보석을 손에 쥐었다 해도 이내 더 큰 것을 바랍니다. 물욕이란 끝이 없는 것입니다.

그런데 스스로 만족할 줄 아는 사람은 작은 것에도 감사하고, 낮은 자리에서도 불평하지 않고, 소박한 음식을 먹으면서도 무한한 행복을 느낍니다. 행복의 진정한 가치를 잘 아는 까닭이지요. 나폴레옹은 물질이 주는 행복의 가치에 대해 이렇게 말했습니다.

"행복을 사치한 생활 속에서 찾는 사람은 마치 태양 그림을 그려 놓고 빛이 비치기를 기다리는 것과 같다."

그렇습니다. 사치한 생활에서 얻는 진정한 행복은 어쩌면 불가능할 수밖에 없습니다. 물질에서 찾는 행복은 연기와 같기 때문이니까요. 하지만 스스로 만족하는 데서 오는 마음이 풍요로운 행복은 우주와 같이 변함이 없습니다. 이에 대해 프랑스 철학자 알랭은 이렇게 말했습니다.

> "행복이란 스스로 만족하는 데 있다. 남보다 나은 점에서 행복을 구한다면 영원히 행복하지 않을 것이다. 누구나 남보다 나은 한두 가지 나은 점이 있지만 열 가지가 남보다 뛰어난 사람은 없다. 그러므로 남과 비교하지 말고 스스로 만족할 줄 알아야 한다."

알랭의 말처럼 행복은 스스로 만족하는 데 있지, 나보다 형편과 여건이 좋은 사람들과 비교하는 데 있지 않습니다. 그것은 도리어 깊은 상실감만 줄 뿐입니다. 그런 까닭에 작은 것에도 스스로 만족하며 살 수 있다면, 그 어떤 상황에서도 불평하지 않고 얼마든지 행복할 수 있습니다.

진정으로 행복하고 싶다면 남과 비교하지 마십시오. 남과 비교해서 얻는 행복은 잠깐이지만 스스로 만족할 줄 안다면 그 행복은 수시로 느끼고 오래갑니다. 그렇습니다. 스스로 만족하는 마음을 기르기 바랍니다.

065

잘되고 싶다면
감사하는 법을 배워라

인간의 모든 불행은 감사하지 않는 데에서 옵니다. 감사할 줄 모르는 사람은 모든 것을 자기 중심으로 생각합니다. 자기가 잘나고 똑똑해서 좋은 결과를 얻었다고 교만하게 굴지요. 그러다 보니 삶에 대해 오만하고, 타인에 대한 배려심도 없고, 고마움도 느끼지 못합니다. 실패한 사람들 중엔 감사하지 않는 데 그 원인이 있음을 볼 수 있습니다.

미국 여성 토크쇼의 1인자 오프라 윈프리. 그녀는 미혼 부모 사이에서 태어나 불행한 어린 시절을 보냈습니다. 그리고 불의한 일로 14살에 미혼모가 되었지만, 아기를 잃고 말았습니다. 이십 대 이전의 그녀의 삶은 불행 그 자체였습니다.

그러던 어느 날부터 그녀는 모든 것을 긍정적으로 생각하고 감사했습니다. 그러자 불행하기만 했던 그녀의 삶의 달라지기 시작했습니다. 그리고 마침내 미국에서 가장 영향력 있는 여성이 되었지요. 그녀가 최고가 된 것은 매사를 감사하게 여기며 행복으로 받아들였기 때문입니다.

그렇습니다. 감사하며 살면 마음이 즐겁고 매사를 긍정적으로 생각하게 됩니다. 그러니 어떻게 잘 안 될 수가 있을까요. 그런데 사람들 중엔 감사할 일이 없는데 어떻게 감사하느냐며 말하곤 합니다. 이는 대단히 잘못된 생각입니다. 감사한 일을 큰일에서 찾기 때문에 감사할 줄 모르는 것입니다. 가만히 생각해 보세요. 얼마든지 감사한 일이 있을 겁니다. 그것이 비록 작은 일일지라도 감사하세요. 감사하는 방법에 대해《감사의 힘》저자인 데보라 노빌은 이렇게 말했습니다.

"매일 감사한 일을 세 가지만 적어보라. 과거의 불행한 나로부터 탈출할 수 있을 것이다."

데보라 노빌이 한 말처럼 매일 감사할 수 있다면, 습관이 되어 매사를 감사할 수 있습니다. 감사하십시오. 감사할 때 행복은 환한 미소를 지으며 두 팔 벌리고 다가올 것입니다.

잘되는 사람들은 매사에 감사하는 데 익숙합니다. 감사를 하면 마음이 즐겁고 긍정의 에너지가 넘치게 됩니다. 그러나 감사할 줄 모르는 사람은 매사에 불평입니다. 그러니 잘 안 되는 것입니다. 잘되고 싶다면 감사하는 습관을 기르기 바랍니다.

잠재적인 삶의
의미를 깨닫는 지혜

삶의 의미를 발견하게 함으로써 건강을 찾게 하는 로고테라피 학파의 창시자이자 심리학자이며 의사인 빅터 프랭클은 오스트리아 빈에서 태어났습니다. 그는 의학을 전공하고 우울증과 자살에 대해 집중적으로 연구했습니다. 그러던 중 정신분석학자인 지그문트 프로이트와 교류를 하며 1924년 그의 추천으로 〈국제 정신분석학 잡지〉에 첫 번째 글을 기고했고, 알프레드 아들러와도 긴밀한 관계를 유지했지요. 프랭클은 1926년 '의미치료'라는 개념의 치료법을 시도하여 자살 위험이 있는 3천 명의 여성을 치료했습니다.

오스트리아가 나치의 침략으로 통제를 받자 나치는 프랭클을 통해 정신병을 안락사로 처리하려고 했습니다. 이에 프랭클은 목숨을 걸고 다른 방법으로 처방을 하곤 했습니다. 그러는 과정에서 결혼을 했으며 그의 아내가 임신했지만 나치에 의해 강제로 낙태되는 슬픔을 겪었습니다. 프랭클은 부모와 함께 체포되었고 그의 아버지는 사망했으며, 그의 아내와 어머니는 아우슈비츠로 끌려 갔습니다. 그의 어머니는 가스실에서 죽고, 그의 아내는 다시 정치범 수용소로 끌려갔습니다. 프랭클 또한 정치범 수용소에 수감되어 있었는데 미군에 의해 구조되었습니다. 그 후 그의 아내와 그의 형제 그리고 형제의 아내들이 잇따라 죽는 비극을 뼛속 깊이 느끼는 고통을 겪었습니다.

프랭클은 최악의 상황에서도 강인한 인내로 절망을 극복하고 《죽음의 수용소에서》를 출간하여 그 참혹한 상황을 알리는 데 일조하며 베스트셀러가 되었습니다. 그는 누구보다도 인생의 깊은 슬픔과 좌절, 혹독한 절망을 겪었지만 그러는 가운데 참된 인생을 살기 위해 최선의 노력을 다했습니다. 그리고 우울증과 자살의 충동을 겪으며 살아가는 사람들을 치료함으로써 그들이 새로운 인생을 살아가는 데 빛과 소금이 되었지요.

> "사람에게 진정으로 필요한 것은 어떤 상황에서도 고통을 경험하지 않는 것이 아니라, 스스로가 충족해야 하는 잠재적인 삶의 의미를 깨닫는 것이다."

프랭클의 말처럼 고통도 삶의 일부분입니다. 그것을 통해 스스로를 충족시킬 수 있는 잠재적인 삶의 의미를 깨닫는 일이지요.

살다 보면 뜻하지 않는 일로 고통받을 때가 있습니다. 그 고통이 클 땐 죽고 싶은 유혹을 받기도 합니다. 그러나 그 고통을 이겨내면 반드시 좋은 일이 있게 됩니다. 고통을 단지 고통으로 여기지 말고 잠재적 삶의 의미를 추구하는 기회라고 여기세요. 그러면 의미 있는 인생으로 살아가게 될 것입니다.

인생의 독毒
허영심을 경계하라

허영심은 누구에게나 있습니다. 정도의 차이가 있을 뿐이지요. 그런데 문제는 허영심은 긍정적인 측면보다는 부정적인 측면이 더 강하다는 것입니다. 허영심에 사로잡히면, 물불을 가리지 않고 허영심에 따라 움직입니다. 허영심에 따라 움직이다 보면 남는 건 쓸쓸함과 허무함뿐이지요.

이를 잘 보여주는 소설이 있습니다. 프랑스 소설가 모파상이 쓴 《목걸이》입니다.

이 작품의 여주인공인 마틸드는 10년 동안 파출부를 하며 보냅니다. 친구에게 빌린 목걸이를 파티 때 잃어버려 그 값을 치르기 위해서이지요. 그녀가 목걸이값 35,000프랑을 마련해 친구를 찾아갔을 때 친구는 안타까워하며 이렇게 말합니다.

"오, 가엾은 마틸드! 그 목걸이는 500프랑 하는 가짜야."

이 말을 듣는 순간 마틸드는 허탈해하며 지난날 허영심에 빠져 방황하던 자신의 모습을 생각하며 쓸쓸해합니다. 마틸드의 곱고 예뻤던 얼굴은 10년 세월의 흔적만큼이나 주름지고 늙었습니다.

이 모두가 지나친 허영심이 낳은 결과이지요.

우리 사회에도 마틸드와 같은 사람들을 종종 보게 됩니다. 수백만 원, 수천만 원하는 명품 가방, 명품 시계, 옷 등을 사기 위해 해서는 안 될 일까지 저지릅니다. 이 모두는 허영심 때문이지요. 허영심의 부정적인 면에 대해 프랑스 작가 라 로슈푸코는 이렇게 말했습니다.

"사람은 미덕을 많이 갖추었다 하더라도 일단 허영심에 사로잡히면 모든 것이 흔들리고 만다. 허영과 진실은 결코 부부가 될 수 없다."

그렇습니다. 지나친 허영심은 인생을 망치게 하는 독버섯입니다. 자신의 하나뿐인 인생을 허망하게 망치지 않으려면 허영심을 경계해야 하겠습니다.

허영심은 누구에게나 있습니다. 그런데 어떤 사람은 허영심에 빠지지 않으나 또 다른 누군가는 허영심에 빠져 자신의 인생을 낭비합니다. 허영심은 인생을 망치는 무서운 독과 같습니다. 허영심을 경계하고 멀리하십시오.

원하는 것을 위해
몇 번이고 다시 하라

20세기 세계 최고의 화가로 평가받는 파블로 피카소. 5척의 단신에서 뿜어져 나오는 뜨거운 에너지의 열기가 가득한 그의 모습엔, 끼가 넘쳐흐르다 못해 강물처럼 도도하게 그러나 아주 의연하게 흘러갑니다. 피카소는 고갱과 고흐의 영향을 많이 받았는데, 청색이 주조를 이루는 이른바 '청색시대'로 들어가 그림 작업에 몰두했지요.

1905년 아폴리네르와 교류하고, 1906년에는 정물화의 대가 마티스와 교류를 가지면서 그림 공부를 했습니다. 하지만 그의 그림은 세잔의 화풍을 따라 점점 단순화되었고, 1907년 그의 최고 작품으로 평가받는 〈아비뇽의 처녀들〉에 이르러서는 아프리카 흑인 조각의 영향을 많이 나타내고, 어떤 형태에 대한 분석이 구체화되기 시작했습니다.

그리고 나아가 입체파 운동을 벌이며 자기만의 미술 세계인 입체파를 완성했습니다. 피카소는 한 예술가의 진정한 예술적 행위가 사람들에게 미치는 영향이 얼마나 크고 위대한지를 가장 잘 보여주는 화가로 평가받습니다.

피카소가 20세기 최고의 화가가 될 수 있었던 것은 첫째, 끊이지 않는 다양한 미술적 실험정신에 있습니다. 둘째, 생각을 실천으로 옮기는 능동적이고 활발한 작품 활동에 있습니다. 셋째, 남의 것을 내 것으로 새롭게 재창조하는 탁월함에 있습니다. 그러나 무엇보다 자신이 원하는 그림을 위해 몇 번이고 다시 그리는 그의 뜨거운 열정에 있다는 걸 알 수 있습니다.

"당신은 그림을 그릴 때 가끔 아름다운 것을 발견할 것이다. 그러나 그것을 지워버리고 몇 번이고 다시 그려야 한다. 지우는 일은 모양을 바꾸고 더 보태서 아름다움을 완성해 나가는 과정이다."

자신이 하는 일에 좋은 성과를 내기 위해서는, 자신의 맘에 들도록 몇 번이고 다시 한다는 각오로 해야 합니다. 그런 열정이 자신이 원하는 성과를 내게 하는 원동력이니까요.

20세기의 최대 화가인 파블로 피카소는 그림, 조각, 판화 등 전 분야에 걸쳐 뛰어난 작품을 남겼습니다. 그가 입체파의 선두주자로 자신만의 화풍을 이룰 수 있었던 것은 그의 노력과 열정에 있습니다. 그는 명작을 위해 마음에 들 때까지 몇 번이고 다시 그렸던 것입니다. 자신의 원하는 것을 이루기 위해서는 피카소가 그랬듯이 몇 번이고 다시 시도하고 시도해야 합니다.

CHAPTER 4

혹독한
겨울 뒤에도

꽃은
핀다

정상에 오르길 원하는 자는 습관의 강력한 힘을 인정하고
버릇이 습관을 만든다는 것을 알아야 한다.
우리는 반드시 낡은 습관을 버리고 좋은 버릇을 들여야 한다.
원하는 것을 이루도록 도와주는 습관으로 변화시키는
그런 버릇을 가져야 한다.

_ J. 폴 게티

가장 아름다운
행동

인색한 사람은 진정한 행복을 느끼지 못합니다. 다만 자기만족에 사로잡힐 뿐이지요. 하지만 타인을 위해 자신의 것을 나누어 주는 사람은 진정으로 행복을 느낍니다.

그런데 사람들은 행복을 쌓아두려는 데서 찾습니다. 행복은 쌓아둔다고 해서 오는 것은 아닙니다.

"우리는 일 년 동안 먹을 양식을 광 속에 쌓아둘 수는 있지만,
행복은 쌓아두고 먹을 수는 없다."

이는 프랑스 사상가 알랭의 말입니다. 알랭의 말이 의미하는 것은 행복은 쌓아두는 것이 아니라 나누어야 한다는 것입니다. 그래야 더 큰 행복이 찾아온다는 것입니다.

옳은 얘깁니다. 샘물을 보세요. 사람들이 아무리 퍼마셔도 마르지 않고 계속해서 넘쳐나지 않습니까. 행복도 그렇습니다. 행복을 나누는 만큼 행복은 채워지는 법입니다. 이에 대해 고대 그리스

철학자 플라톤은 이렇게 말했습니다.

"사람은 남에게 어떠한 행동을 했느냐에 따라 그의 행복도 결정된다. 남에게 행복을 주려고 했다면 그만큼 그 자신에게도 행복이 돌아온다."

그렇습니다. 플라톤의 말처럼 행복은 남에게 주면 그만큼 자신에게 돌아옵니다. 그런 까닭에 진정한 행복을 원한다면 각박한 현실을 탓하지 말고 자신이 먼저 자신의 것을 나누어 주십시오. 행복은 서로 나누는 데에서 오는 것입니다. 그것이 참 행복을 얻는 비결이랍니다.

자신이 행복하다고 말하는 사람은 나누는 일에 인색하지 않습니다. 그러나 불행하다고 말하는 사람은 나누는 일에 인색하다는 것을 알 수 있습니다. 행복은 베풀고 나누는 데서 오는 것입니다. 자신이 행복하길 바란다면 베풀고 나누는 일에 열중하기 바랍니다.

070

모든 것은
하나로부터 시작된다

"나의 임무가 대중을 돌보는 것이라고 생각해 본 적은 전혀 없답니다. 난 한 개인을 돌보고 있습니다. 난 한 번에 한 사람밖에 사랑할 줄 모릅니다. 난 한 번에 한 사람밖에 거둘 줄 모릅니다. 단 한 사람, 한 사람, 한 사람……. 당신도 내가 하듯 그렇게 한 번 시작해 보세요. 난 단 한 사람만 인도합니다. 그렇지 않았다면 4만 2천 명의 사람을 인도하지 못했을 거예요. 내가 한 모든 일은 바다에 물 한 방울을 보탠 것에 지나지 않아요. 그렇지만 내가 물 한 방울을 보태지 않는다면 바다는 물 한 방울이 줄어 있겠죠. 당신 자신, 당신의 가정, 당신이 다니는 교회도 마찬가지입니다. 단 하나, 하나에서 시작하세요."

사람들은 무슨 일을 시작할 때 목표를 세운답시고 크고 거창하게 하려는 습성이 있습니다. 물론 이것을 잘못된 생각이라고 지적하고 싶은 마음은 없습니다. 그러나 처음부터 너무 과욕을 부리거나 의욕을 앞세우다 보면 일을 그르칠 수도 있고, 자신감을 잃고 헤맬 수도 있습니다. 이런 일들은 사람들 사이에선 흔한 일들입니다.

　앞의 말은 마더 테레사 수녀가 한 말로, 그녀는 사람들이 흔히 갖는 이런 보편적 심리를 성찰하고, 자신이 하는 일이 가난하고 소외 받고 병든 자들을 돌보는 대중적인 일이었음에도 불구하고, 자신은 한 개인을 돌보았다고 말합니다. 또한 많은 사람들을 사랑하고 거두면서도 한 번에 한 사람만 사랑하고, 한 사람만 거둔다고 겸손히 말합니다. 그러면서 '모든 것은 단 하나, 그 하나에서 시작하라'고 합니다. 욕망에 사로잡힌 현대인들에게 외치는 부드럽지만 강한 외침 같은 이 말을 우리는 기억할 필요가 있습니다.

　모든 것은 하나로부터 시작된다.
　인생도, 바다도, 사랑도 그리고 그 무엇도…….

　그렇습니다. 낙동강도 태백 황지 연못의 샘물 한 방울로 시작해 기나긴 강이 되었습니다. 무슨 일을 하더라도 하나부터 시작하세요. 차근차근 꾸준히 하다 보면 결국 커다란 것을 얻게 될 것입니다.

그 어떤 일도 한 번에 이룰 수는 없습니다. 작은 것부터 또는 하나부터 진중하게 시작해야 합니다. 그렇게 꾸준히 열정과 정성을 다하다 보면 어느샌가 자신이 바라는 것을 이루게 됩니다. 그렇습니다. 모든 것은 하나로부터 시작된다는 것을 잊지 말아야 하겠습니다.

071

사랑의
나무

한 노인이 정원에 나무를 심고 있었다. 때마침 그곳을 지나가던 나그네가 그것을 보고 물었다.

"도대체 어르신께선 언제 그 나무에서 열매를 거둘 수 있으리라 생각하십니까?"

노인은 70년쯤 지난 뒤에야 결실을 볼 수 있을 것이라고 대답했다. 나그네는 다시 물었다.

"노인께서 그토록 오래 사실 수 있겠습니까?"

그러자 노인은 이렇게 말했다.

"아니, 그렇지 않네. 그러나 내가 태어났을 때 과수원에 있는 많은 유실수엔 열매들이 풍성히 달려 있었다네. 이는 아버님께서 채 태어나지도 않은 나를 위해, 그리고 사람들을 위해 나무를 심어 놓으셨기 때문이지. 그와 똑같은 일이라네."

이는《탈무드》에 나오는 한 대목입니다. 나는 이 글을 읽고 맑은 행복을 느낄 수 있었습니다.

현대인들은 대개가 급한 마음을 가지고 있다고 해도 가히 틀린 말은 아닐 것입니다. 하루가 다르게 변하는 세상에서 그 속도를 따르자니 생겨난 당연한 습성인지도 모릅니다. 그래서 '빨리빨리' 라는 말이 유행처럼 번지고 있고, 그렇지 못한 사람을 보고 시대에 뒤떨어진 사람이라고 핀잔을 주기 일쑤입니다. 이런 사람들은 인간관계에서도 남보다는 자신이 먼저일 수밖에 없고, 또한 모든 것이 자기 중심일 수밖에 없습니다.

현대인들에게 《탈무드》의 문장은 정문일침頂門一鍼과도 같은 교훈을 주기에 조금도 부족함이 없습니다. 자신의 아버지가 태어나지도 않은 자신을 위해, 사람들을 위해 나무를 심었던 것처럼 자신도 앞으로 태어날 새 생명들을 위해서 나무를 심는다는 노인의 말은 참으로 감동적입니다.

세상은 점점 감정이 메말라 가고, 관계는 무너져 내리고, 서로가 대립하는 시대로 변하고 있습니다. 이기심을 버리고 타인을 배려하고 사랑함으로써 따뜻하고 정감이 살아 있는 인간의 참된 본질의 세계로 나아가야 합니다.

타인을 위해 자신의 열정을 바칠 수 있는 사람, 배려하고 헌신적인 사랑을 베풀 수 있는 사람, 양보하고 나누는 것을 즐기며 행하는 사람. 이런 사람으로 살아갈 수 있다면 가장 아름답고 행복한 사람일 겁니다. 우리는 누구나 이런 삶을 살아야 합니다. 그것은 결국 자신을 위하는 일이니까요.

혹독한 겨울 뒤에도
꽃은 핀다

몹시 추웠던 겨울이었습니다. 그해 겨울은 유달리 추워 난방비도 더 들고 옷도 더 따뜻하게 입어야 했습니다. 길을 나서면 얼굴에 닿는 차가운 겨울바람 감촉에 나도 모르게 몸이 움츠러들곤 했지요. 코와 귓불은 발갛게 충혈이 되고, 길을 가는 사람들은 하나같이 어깨를 움츠리고 걸었습니다.

겨울이 가고 봄이 왔습니다. 따뜻한 봄기운이 저 멀리 산으로부터 내가 사는 시내 주택지로 안개가 내리듯 다가왔습니다. 열어놓은 베란다를 통해 봄 내음이 물씬 풍겼습니다. 산책길엔 이름 모를 들꽃들이 앞다퉈 피어나고 푸릇푸릇한 새싹들이 돋아나 보는 것만으로도 마음을 따뜻하게 했습니다. 길가 나무에는 꽃봉오리가 맺혀 금방이라도 꽃을 피울 것만 같았습니다. 봄은 사람도 나무도 꽃도 풀도 산과 들도 들뜨게 하기에 충분할 만큼 매력적으로 다가왔었습니다.

지난겨울이 아무리 혹독해도 봄은 여지없이 왔고 언제 추웠느냐는 듯 칙칙했던 자연을 파랗게 바꾸어 놓았습니다. 길을 오가는 사람들 얼굴엔 생기가 돋고 걸음걸이에는 활기가 넘쳐났습니다. 봄이 이처럼 사람들의 마음과 자연을 역동적으로 바꾸어 놓다니, 자연의 섭리는 참으로 놀라웠습니다.

이와 마찬가지로 사람들의 삶 또한 혹독한 고난 뒤에는 반드시 희망이 찾아오는 법입니다. 물론 아무에게나 오는 것은 아닙니다. 고난을 이겨내기 위해 몸과 마음을 다 바쳐 노력하는 사람에게 오는 인생의 면류관이지요. 인생의 면류관은 쓸 자격이 있는 사람이 쓰는 것이지요.

그렇습니다. 살다 보면 궂은날도 있고, 맑은 날도 있고, 비 오는 날도 있고, 진눈깨비가 내리는 날도 있듯 살다 보면 인생의 궂은 날도, 비 오는 날도, 진눈깨비가 내리는 날도 있지요. 이것 또한 인생이니까요. 그 어떤 고난 앞에서도 좌절하지 않고 당당하게 헤쳐 나가는 우리가 되어야겠습니다.

지금 코로나 19로 경제적으로 어려움이 많습니다. 몸도 마음도 많이 지쳤습니다. 하지만 우리는 반드시 코로나바이러스를 이겨낼 수 있습니다. 우리에겐 충분히 그럴만한 용기와 능력이 있습니다. 반드시 평안한 날이 올 겁니다. 그때까지 힘을 모아 꿈과 인내로 이겨내야 하겠습니다.

073

사소한 관심
큰 행복

어느 날 나의 아내는 대통령에게 메추라기에 대해서 물어보았다. 그녀는 그것을 한 번도 본 적이 없었다. 그는 그것에 관해서 상세히 설명해 주었다. 얼마 후 우리 집으로 전화가 걸려 왔다. 나의 아내가 전화를 받았다. 그것은 루스벨트로부터 온 전화였다. 지금 그녀의 창문 밖에 메추라기가 있으니 밖으로 내다보면 그것을 볼 수가 있을 것이라는 내용의 전화였던 것이다. 사소한 일이었지만 그는 관심을 가져줄 줄 알았던 것이다. 그는 우리가 살고 있는 집 근처를 지나갈 때는 늘, 심지어 우리가 보이지 않을 때라도, 우리는 그가 이렇게 부르는 소리를 들었던 것이다. "여보게, 애니!" 혹은, "여보게, 제임스!" 그는 지나가면서 그러한 친절의 인사를 했던 것이다.

미국의 29대 대통령 디어도어 루스벨트가 대통령으로서 국민의 존경을 한 몸에 받고, 지금까지도 국민적 영웅으로 존재하는 이유는 바로 사소한 관심에서 우러난 친절 덕분이었습니다. 그의 이러한 행위는 부하직원뿐만 아니라, 그들의 가족에게까지도 큰 감동을 주었던 것입니다.

사소한 관심은 그 어떤 큰 관심과 기대보다도 더 사람을 감동하게 만듭니다. 왜냐하면 대부분의 사람들은 사소한 일은 너무 사소한 까닭에 가치가 없다고 여깁니다. 그러나 사실은 그 반대입니다. 작은 일에 관심을 갖게 되면 그 관심의 대상자는 이렇게 생각하게 되지요 '아니, 그런 일까지 기억해 주다니' 혹은 '어쩌면 그렇게도 자상할까' 하고 말입니다.

발췌한 문장은 제임스 E. 아모스가 쓴《부하의 존경을 받았던 영웅 디어 도어 루스벨트》라는 책 속에 들어 있는 한 대목으로, 부하의 아내가 질문한 사소한 일에도 답변을 들려주었던 루스벨트 대통령의 친절은 잔잔한 감동을 주기에 조금도 부족함이 없습니다.

사랑과 평화, 이 사랑과 평화는 상대방이나 상대 국가에 대해 지극한 관심을 가져줄 때 비로소 싹트게 되고, 지속적으로 유지되는 것입니다. 우리 사회가 좀 더 유기적인 관계 속에서 발전하고, 보다 나은 내일을 맞이하기 위해선 사소한 일에도 관심을 보이고, 친절을 베풀어야 합니다. 그것만이 우리 모두가 행복할 수 있고, 그 행복을 추구할 수 있는 첩경인 것입니다.

작고 사소한 일에 관심을 갖는다는 것은 사랑의 표출이라고 할 수 있습니다. 그래서 그런 사람들은 누구에게나 좋은 이미지를 심어줍니다. 지극히 작은 일에도 관심을 기울이는 당신이 되세요. 그 일로 인해 좋은 일이 당신을 기다리고 있을 테니까요.

074

당신의 사랑은
무슨 빛깔입니까?

"사랑의 고백을 한번 해 보라. 갈색 머리를 가진 사람에게는 마
도로스처럼 신선하고 경쾌하게 상대방을 인정해 주고, 금발에
게는 감정이 풍부하게 달콤한 말들을 들려주거나, 검은 머리를
가진 사람에게는 몹시 애타는 듯 그러면서도 공손한 말씨를 사
용해 보라."

이는《우리를 슬프게 하는 것들》이란 책에서 안톤 슈낙이 한 말
입니다. 나는 이 글을 읽고 '사랑의 빛깔'이란 생각을 하게 되었습
니다. '사랑의 빛깔'이란 사랑에 따라 그 현상이 각기 다르게 나타
나게 되지요. 다시 좀 더 구체적으로 말하자면 사랑의 방법에 따
라 그 사랑의 현상이 확연히 드러나게 된답니다.

부드러운 말씨와 몸짓, 은은한 분위기를 좋아하는 사람에겐 그
에 맞는 사랑의 방법을 취하면 되고, 약간은 터프하고 정열적인
것을 좋아하는 사람은 그에 맞게 사랑의 방법을 취하면 되고, 낭
만적이고 우아한 것을 좋아하는 사람에겐 고풍적이고 단정한 사

랑의 방법을 따르면 되는 것입니다.

그런데 이러한 사랑의 방법을 무시한 채 자기의 주관대로 사랑의 방법을 취한다면 대개가 그런 사람을 원치 않을 것입니다. 사랑에도 지혜가 필요합니다. 상대의 성격에 맞게, 분위기에 어울리게 자신을 맞춰가는 지혜가 있을 때 상대방으로부터 만족한 사랑의 해답을 얻게 될 것입니다.

갈색 머리를 가진 사람에게는 마도로스처럼 신선하고 경쾌하게 인정해주고, 금발을 가진 사람에겐 풍부한 감정으로 달콤한 말을 들려주고, 검은 머리를 가진 사람에게는 애타는 듯 공손한 말씨를 사용해 보라는, 안톤 슈낙의 조언은 그래서 더욱 설득력 있는 말이 아닐까 합니다.

사랑의 빛깔, 당신의 사랑은 무슨 빛깔입니까? 그것은 당신만이 결정할 수 있는 당신만의 선택인 것입니다.

사랑에도 빛깔이 있다는 안톤 슈낙의 말은 매우 그럴듯합니다. 그렇습니다. 사랑에도 빛깔이 있지요. 당신이 사랑하는 사람에게 잘 맞는 당신의 사랑의 빛깔을 보여주세요. 그것이야말로 서로를 잘되게 하는 참 좋은 사랑법이니까요.

075

숨기지 않는
사랑

사랑이란 감정은 일단 그 사랑에 빠지게 되면 서로가 서로에게 진지해지고, 상대방에게 뭐든지 이야기해주고 싶고, 또 한편으론 상대방이 내게 뭐든지 이야기해주길 바라게 되지요. 그리고 좋은 것으로 상대방에게 기쁨을 주고 싶어 하고, 부드러운 미소와 눈동자, 단아한 몸짓, 정감이 가는 목소리로 상대방의 마음속에 자신을 깊이 각인시키려고 하지요.

이렇게 되는 것은 자연 발생적 감정입니다. 사랑을 경험해 본 사람들은 누구나 이와 같은 생각을 하고, 실제의 생활에서도 그 생각대로 실행을 하게 됩니다. 이렇듯 사랑을 하게 되면 나 아닌 상대방에게 기준을 맞추려 하고, 자신의 생각과 기준을 절제하고 배려하는 마음에 빠져들게 된답니다. 또한 작은 슬픔이나 작은 즐거움까지도 서로 이야기하게 되지요.

사랑은 우리에게
우리들의 아주 작은 슬픔이나

하찮은 즐거움까지도
서로 이야기하게 하지요.
그렇게 서로의 마음속을 터놓을 때
더할 나위 없이 절묘한 친밀감이 생기지요.
그것은 사랑의 권리이기도 하고
의무이기도 해요.

　이 시는 소설 《레미제라블》로 유명한 프랑스 작가 빅토르 위고의 〈서로에게 이야기해요〉입니다. 위고의 시에서처럼 작은 슬픔이나 하찮은 즐거움까지도 서로 이야기하는 게 사랑하는 사람들의 마음이지요. 이렇게 될 때 서로에 대한 친밀감은 깊어지고 신뢰하게 된답니다. 그리고 그것은 사랑의 권리이기도 합니다.
　그렇습니다. 사랑하는 이에 대한 당신의 사랑을 숨기지 마세요. 숨기지 않는 사랑, 그런 사랑이야말로 사랑하는 이의 마음을 사로잡는 최선의 사랑인 것입니다.

진실한 사랑을 원한다면 서로에 대해 숨기는 것이 없어야 합니다. 숨기는 것은 사랑하는 이에 대한 믿음과 신뢰를 잃은 일입니다. 그렇습니다. 숨기지 마세요. 무엇이든 솔직하게 말하는 사랑, 그것이야말로 진정한 사랑입니다.

076

변하지 않는 것이야말로
진정한 사랑이다

세상에는 변해야 할 것과 변하지 말아야 할 것이 있습니다. 변해야 할 것엔 시대의 흐름을 따르지 못하는 낡고 해묵은 관습이나 제도, 새로운 학문이나 이론을 거부하는 학문적 태도, 미적 탐구나 예술적 가치 기준의 시각 차이에서 오는 에고이즘적 태도, 남자는 하늘天이요, 여자는 땅地이라는 관념적이고 남성우월주의적인 태도를 들 수가 있습니다. 이러한 일례의 것들은 시대의 변천에 따라 그때그때에 맞게 변해야만 하는 사회적 욕구라고 하겠습니다. 하지만 변하지 말아야 할 것이 있다면 그것은 사랑입니다.

사랑은 인간관계에 있어 가장 아름다운 행위이며 따뜻한 인간미를 느끼게 하는, 인간과 인간을 하나로 묶어주는 ―일체감과 관계 맺음― 거룩하고 숭고한 정신입니다.

세상이 시시각각 변화하고, 삶의 환경이 변화하고, 관습과 제도가 급물살처럼 변화하는 시대라 할지라도 사랑에 대한 본질이나 정의는 늘 같아야만 한다고 생각합니다. 좋아하는 감정이나 마음을 교류하는 것은 인간의 근원적인 본성本性에서 오는 것이므로

176

결코 변할 수 없는 것입니다.

그러나 요즘 세태를 보면 사랑이 지니고 있는 숭고함과 순수성이 한결 엷어지고 가벼워지고 있어 도덕성까지 위협받는 현상입니다. 세계사적인 관점에서 볼 때 사랑의 숭고성이 무너지고, 도덕성이 위협받을 때, 그 역사는 무너지고 말았던 것입니다.

변하는 사랑은 더 이상 사랑이 아닙니다. 변하는 순간 신뢰와 믿음이 깨져버리고, 순수성이 파괴되고, 함께 했던 기쁨의 순간까지도 함께 무너져 버리게 되는 것입니다. 이에 대해 괴테는 다음과 같이 말했습니다.

"언제까지나 변하지 않아야만 진정한 사랑이다. 일체를 준다 하더라도, 일체를 거부당한다 하더라도 변하지 않는 것이야말로 진정한 사랑이다."

괴테의 말처럼 그 어떤 상황에서도 변하지 않는 사랑, 그 어떤 유혹과 물질의 욕망 앞에서도 굳건히 움직일 줄 모르는 사랑, 그런 사랑이야말로 참사랑이며 진정한 사랑이라고 할 수 있습니다.

사랑이 시시각각으로 변한다면 불편하고 곤혹스러울 것입니다. 어디다 기준을 둘지 모르기 때문이지요. 사랑은 변하면 안 됩니다. 그것은 서로를 불신하게 하는 일입니다. 그렇습니다. 사랑은 변함이 없어야 서로를 믿고 더욱 신뢰하게 되는 것입니다.

077

함께 가는
길

우리는 함께
우리들 자신 속에서 평화를 발견했어요.
행복과 즐거움,
흥분과 희망과 신뢰까지도.
우리는 또한
이제까지 말로써 표현할 수 있었던 것보다
더욱 아름다운 그 무엇인가를 발견했어요.
우리가 함께 찾아낸 것은 바로
사랑이에요.

이 시는 〈우리가 함께 찾아낸 사랑〉으로 지은이는 카렌 메디츠
입니다. 사랑이란 사랑하는 사람들이 서로 함께 만들 때 더욱 가
치가 있고, 신뢰가 쌓이고 그만큼 행복의 부피도 늘어나는 것입니
다. 일방적인 사랑은 늘 가슴 아프게 끝나는 경우가 많습니다. 그
까닭은 사랑하는 사람과의 심적心的 교류가 없기 때문입니다. 좋

아하는 감정이, 기쁨의 열정이, 서로의 가슴에 물 흐르듯 순환 작용이 이루어져야 하는데, 일방적인 사랑은 늘 쓸쓸하고, 외롭게 끝나버리고 마는 것입니다.

나는 '우리'와 '함께'라는 말을 참 좋아합니다.

우리 함께 밥 먹을까, 우리 함께 놀자, 우리 함께 노래 부르자, 우리 함께 여행 가자, 우리 함께 하늘을 바라보자, 우리 함께 웃자 등 '우리'나 '함께'라는 말 속엔 따뜻한 감정이 잔잔한 강물처럼 흐르고 있습니다. 그러기 때문에 함께 하는 것은 참 기분이 좋을 뿐만 아니라, 의지가 되기도 하고, 근심의 무게도 덜 수 있고, 서로의 지혜를 모아 어려움도 능히 이겨낼 수 있습니다.

사람이 삶을 살아가는 것은 결국은 사랑하는 사람과 인생을 함께 만들어 가는 것입니다. 함께 하는 사랑, 함께 하는 행복, 우리에겐 늘 우리와 함께 하는 사람이 필요합니다. 그것이 인생의 길이니까요.

그렇습니다. 참 좋은 인생은 사랑으로 시작해서 사랑으로 살다가 사랑으로 인생을 마쳐야 합니다. 그것은 인간이 지닐 수 있는 최고의 가치이자 행복이니까요.

인생은 혼자인 각자가 만나 하나가 되어 함께 살아가는 것입니다. 혼자 있을 땐 늘 무언가 불안하고 초조했다면, 둘이 함께하면 그것만으로도 충분히 불안함과 초조함을 이겨낼 수 있습니다. 둘이 함께 가는 인생의 길, 그것은 참으로 가치 있는 일이며 행복이랍니다.

179

사랑의
기쁨

마더 테레사 수녀는 살아 있을 때 '살아 있는 성녀'로 일컬음을 받았던 평화의 여신과도 같았습니다. 한 여자의 삶이 그 어떤 위대한 선각자보다도 더 아름답고 숭고했던 모습을 전 세계인은 잘 알고 있습니다. 살아생전 말년의 그녀의 모습은 키가 작고 구부정한 허리, 굵은 주름살로 뒤덮인 얼굴, 그러한 겉모습에서 보여지는 인간의 진실성은 그 어떤 것보다도 감동적이고, 기쁨을 주었습니다. 마더 테레사 수녀가 이토록 온전한 그리스도적 삶을 살 수 있었던 것은 믿음에 대한 확신과 그 확신에서 온 불타는 사명감 때문입니다.

굳건한 믿음과 사명감은 마더 테레사 수녀에게 한없는 사랑과 너그러움, 서두르거나 조급해하지 않는 마음, 남을 배려하고 격려하는 진실한 마음, 끊임없이 한 길로만 걸어가게 하는 의지의 마음을 주었던 것입니다.

그녀는 가난하고 병들고 소외받고 멸시받는 이들의 친구가 되어 주고 어머니가 되어 주었습니다. 세계가 그녀의 일터였고, 자신의 손길을 필요로 하는 곳이라면 그 어디든지 달려갔습니다. 평생을 소박한 음식을 먹었고, 낡고 허름한 옷과 신발을 신었으며, 초라하고 보잘것없는 방에서 잠을 잤습니다.

또한 그녀는 그 어떤 종교나 종파와도 격의 없이 지냈고, 사랑과 화합, 평화와 안정을 위해서라면 자신이 먼저 따스한 손길을 보냈습니다. 이것이 마더 테레사 수녀의 인간과 세상에 대한 사랑법이었습니다. 그녀의 이런 사랑법은 많은 사람들에게 감동을 주고, 행복한 마음을 심어주고, 참된 기쁨을 주었습니다. 그녀는 비록 하나님의 부르심으로 우리가 사는 이곳을 떠났지만, 그녀가 남긴 인류애와 사랑은 영원히 남아 있습니다.

사회가 혼탁해지고 삶의 본질과 정체성이 혼돈과 분열 속에서 점점 그 가치를 잃고 있습니다. 이러한 때 우리가 해야 할 일은 서로 감싸주고 위로하며, 나보다는 상대방을, 나보다는 사회를 더욱 배려하고 위해주는 사랑의 정신을 펼쳐 보여야 합니다.

그렇습니다. 그렇게 될 때 모든 것이 평탄해지며 조화로운 삶이 우리 모두를 참된 기쁨의 세계로 이끌어 줄 것입니다.

온 마음을 다해 온전히 사람들을 아끼고 사랑한다는 것은 참으로 귀한 일이 아닐 수 없습니다. 그것은 헌신적인 사랑이 없으면 절대 할 수 없는 일이니까요. 인간성이 말살되어가는 혼탁한 이 시대를 회복하기 위해서는 서로를 배려하고 사랑하는 마음을 아끼지 말아야 하겠습니다.

079

걱정을 마음으로부터
물리치는 법

인간은 언제나 문제를 안고 살아가는 존재입니다. 가족 문제, 건강 문제, 돈 문제, 직장 문제, 연애 문제, 친구 문제 등 온갖 문제와 부딪히며 살아가고 있습니다. 늘 문제를 곁에 두고 사는 존재가 바로 우리 인간들이지요. 그런데 이런 문제들을 해결하지 못하면 걱정과 근심의 바다에 빠져 하나뿐인 인생을 허비하며 살아가게 됩니다. 그만큼 우리 인간은 똑똑하면서도 나약하고 허술한 존재이지요.

우리가 인생을 즐겁고 행복하게 살아가기 위해서는 늘 부딪치게 되는 인생의 문제점들을 반드시 해결해야 합니다. 인생의 문제를 떠안고 있는 한 즐거운 행복은 없습니다.

행복의 방해꾼인 걱정을 지배하며 사는 인생이 되느냐, 걱정의 노예로 사느냐는 오직 자신에게 달려 있습니다. 누군가 도움을 줄 수 있어도 근본적인 것은 스스로 해결해야 합니다. 사람들은 저마다 삶의 가치관과 행복의 척도가 다르기 때문이니까요.

자신의 인생을 좀 더 즐겁고 의미 있게 살고 싶다면 자신의 행복을 방해하고 성공을 가로막는 걱정을 몰아내야 합니다.

01. 걱정은 매우 위험한 마음의 습관이다. 나는 어떤 습관도 변화시킬 수 있다고 자신에게 다짐하라.

02. 사람들은 걱정을 함으로써 걱정의 노예가 된다. 독실한 신앙의 습관을 들여라. 그렇게 될 때 걱정으로부터 벗어날 수 있다. 모든 힘과 의지를 다해 신앙의 습관을 실천하라.

03. 매일 아침 잠자리에서 일어나 "나는 나를 믿는다"라는 말을 세 번씩 소리 내어 외쳐라.

04. 오늘 하루를, 내 생명을, 내가 사랑하는 사람을, 나의 일을 신의 손에 맡겨라. 신의 손엔 악함이 없다. 신의 손엔 선함뿐이다. 어떤 일이 일어난다고 해도, 무엇이 되더라도, 내가 신의 손 안에 있다면 그 무엇도 두려워하지 마라.

05. 소극적으로 말하지 말고 적극적으로 말하라. 항상 적극적인 행동과 긍정적인 말만 하라. 그 어떤 일도 적극적으로 행하라. "오늘 재수 없는 날이 될 것 같다"는 말 대신 "오늘은 즐거운 날이 될 것이다"라고 말하라.

06. 대충대충 말하고 일하지 마라. 비판적인 말이나 행동을 하지 마라. 압박감을 주는 분위기를 조성하지 말고 희망과 행복을 느끼도록 말하고 행동하라.

07. 걱정이 많은 사람 마음엔 우울함, 패배감, 부정적인 생각으로 꽉 차 있다. 이것을 마음으로부터 몰아내고 희망적이고

긍정적인 생각으로 가득 채워라.

08. 희망으로 가득 찬 사람과 교류하라. 창조적이고 낙관적인 사람과 소통하라. 긍정적이고 능동적으로 행동하라. 그리고 그런 사람을 자신의 주변에 배치하라.

09. 걱정으로 힘들어하는 사람을 도와주라. 남을 도와줌으로 그 걱정에서 해방될 수 있음을 믿어라. 남을 도와주다 보면 자신의 마음에도 용기와 희망이 싹트는 것이다.

10. 매일 자신이 예수그리스도의 협력자가 되어 살아간다고 생각하라. 그리고 예수께서 자신의 곁에서 함께 한다고 믿어라. 모든 것은 믿는 대로 됨을 믿어라.

이는 자기계발 전문가인 노만 V. 필 박사의 〈걱정을 몰아내는 10가지 방법〉입니다. 이를 지금 당장 숙지하고 하나씩 실행에 옮겨보세요. 그러면 마음으로부터 걱정을 몰아내는 데 큰 도움이 될 것입니다.

걱정은 백해무익한 인간의 적입니다. 걱정의 올무에 한번 걸려들면 헤어나기가 아주 힘듭니다. 그러기 때문에 걱정이란 올무에 걸리지 않도록 마음을 굳건히 하고 의지를 굳세게 해야 합니다. 걱정을 이기는 힘을 기른다는 것은 모든 어려움을 이길 수 있는 최선의 방법임을 기억하기 바랍니다.

080

습관은
힘이 세다

자신을 이겨낸다는 것은 가장 힘들고 어려운 일이지만, 반드시 자신을 이겨야만 원하는 것을 이룰 수 있습니다. 자신을 이기는 것은 결국 모두를 이기는 것이니까요. 자신을 이기기 위해서는 어떻게 해야 할까요?

그것은 '이기는 습관'을 기르는 것입니다. 자신을 이기는 습관을 기르기 위해서는 다음 다섯 가지를 반드시 실천해야 합니다.

첫째, 자신과의 약속을 철저히 지켜야 합니다. 자신과의 약속을 잘 지키는 사람이 자신에게 강한 사람입니다.

둘째, 무슨 일이든 최선을 다해야 합니다. 최선을 다하는 자세가 자신을 강하게 만듭니다.

셋째, 자신의 허점을 감추지 말아야 합니다. 허점을 감추는 사람은 절대로 강해질 수 없습니다.

넷째, 아홉 번 쓰러지면 열 번 일어나야 합니다. 그 끈질긴 정신이 자신을 강하게 만듭니다.

다섯째, 항상 긍정적인 말과 행동을 해야 합니다. 긍정하는 마음이 자신을 강하게 변화시킵니다.

"정상에 오르길 원하는 자는 습관의 강력한 힘을 인정하고 버릇이 습관을 만든다는 것을 알아야 한다. 우리는 반드시 낡은 습관을 버리고 좋은 버릇을 들여야 한다. 원하는 것을 이루도록 도와주는 습관으로 변화시키는 그런 버릇을 가져야 한다."

이는 J. 폴 게티가 한 말로 정상에 오르길 원하는 자는 낡은 습관을 버리고, 강력하고 좋은 습관을 길러야 한다는 것을 잘 알게 합니다.

자신을 이기는 좋은 습관은 1,000만 불짜리 다이아몬드보다도 자산 가치가 더 크다는 것을 잊지 마세요. 한 번 잘 들인 좋은 습관은 평생토록 자신에게 유익을 가져다주니까요.

그렇습니다. 자신을 이기는 습관은 그 무엇과도 바꿀 수 없는 소중한 자산입니다.

이 세상에서 가장 무서운 적은 바로 자기 자신입니다. 자신을 이길 수 있다면 그 어떤 것도 충분히 해내게 됩니다. 그러기 위해서는 자신을 이기는 습관을 길러야 합니다. 자신을 이기는 사람만이 자신이 원하는 것을 얻을 수 있답니다.

오늘을 행복하게 사는
10가지 지혜

"시간은 날아가는 화살과 같다."

미국의 시인 롱펠로의 말입니다. 시간은 날아가는 화살처럼 빠르게 지나가고 흐르는 강물처럼 사람을 기다려 주지 않습니다. 다만 흐르고 흘러갈 뿐이지요. 시간을 가두어 놓을 수만 있다면 얼마나 좋을까요. 필요할 때 필요한 만큼만 빼내 쓸 수 있을 텐데 말이지요. 그러나 시간은 인간이 관리할 수 있는 범주를 벗어난 우주의 법칙이며 신의 영역인 것입니다. 누가 감히, 신의 영역에 화살을 꽂을 수 있단 말인가요.

이치가 이런데도 남아도는 것처럼 시간을 허비한다면 그것은 자신의 손실이며 나아가 사회적 손실이고 국가적 손실입니다. 시간을 잃는 만큼 모든 것은 퇴보하게 되고 뒤처질 수밖에 없습니다.

오늘을 행복하게 사는 사람들은 하나같이 자신이 하는 일에 만족하며 살아갑니다. 그리고 그런 만큼 시간을 철저하게 잘 활용합니다. 시간을 잘 쓰는 것이 오늘을 행복하게 하고 즐겁게 하는 최

187

선의 방법이라는 걸 잘 아는 까닭입니다.

다음은 시빌 F. 패트릭의 〈오늘만은 이렇게 살자〉입니다.

01. 오늘만은 행복하게 지내자. 진정한 행복은 내부에 존재한다. 그것은 외부에서 오지 않는다.

02. 오늘만은 자신을 사물에 적응시켜라. 사물을 자기가 원하는 대로만 지배해서는 안 된다. 가족, 일, 운을 있는 그대로 받아들여 자기를 거기에 적응시켜라.

03. 오늘만은 몸을 조심하라. 적당히 운동을 하고 영양을 섭취하라. 몸을 혹사시키거나 함부로 하지 마라. 그러면 몸은 내 명령에 따르는 완전한 일체가 될 것이다.

04. 오늘만은 내 마음대로 강하게 하라. 자기에게 이로운 것을 배워라. 정신적인 게으름뱅이가 되지 마라. 노력과 집중력을 길러주는 책을 읽어라.

05. 오늘만은 세 가지 방법으로 영혼을 움직여라. 남이 알아차리지 못하게 선한 일을 행하라. 윌리엄 제임스가 말한 것처럼 수양을 위해 적어도 두 가지는 자신이 하고 싶은 것을 하라.

06. 오늘만은 유쾌한 태도를 가져라. 되도록이면 기력이 왕성한 모습을 하고, 어울리는 옷을 입고, 조용히 말하고, 예의 바르게 행동하고, 아낌없이 남을 칭찬하라. 그리고 남을 비판하지 말며 그 어떤 약점도 지적하지 말고, 남을 훈계하거나 경고하지도 마라.

07. 오늘만은 오늘 하루를 위해 열심히 살아라. 인생의 모든 문제를 한꺼번에 처리하려고 하지 마라. 그 어떤 일도 단 한 번에 이루어지는 것은 그리 흔치 않음을 기억하라.

08. 오늘만은 하루의 계획을 세워라. 시간마다 해야 할 일을 적어 두라. 그대로 다는 할 수 없을지 모르지만 해보라. 초조와 게으름을 제거할지도 모른다.

09. 오늘만은 30분 동안 혼자서 조용히 쉴 수 있는 시간을 가져라. 그리하면 자신의 인생에 대한 올바른 인식을 할 수 있을 것이다.

10. 오늘만은 두려움을 갖지 마라. 행복해져라. 아름다운 것을 즐기고 사랑하라. 내가 사랑하는 것이 나를 사랑하고 있다고 믿고 두려움을 갖지 마라.

아무리 현실이 힘들고 어려워도 시빌 F. 패트릭의 〈오늘만은 이렇게 살자〉를 마음에 새겨 음미하며, 용기와 희망을 얻음으로써 즐거운 인생이 되도록 노력하세요. 그것이야말로 자신을 잘되게 하고 스스로를 축복하는 일이니까요.

시간이 언제나 남아도는 것처럼 여기는 일처럼 어리석은 일은 없습니다. 시간은 잠시도 멈추지 않는 성질을 가진 우주의 법칙입니다. 또한 신의 영역입니다. 신이 우리에게 준 소중한 시간을 잘 사용하는 지혜로운 당신이 되기 바랍니다.

삶이 힘들게 할 땐
몸과 마음을 쉬게 하라

치열한 경쟁 속에서 살아가다 보면 많은 스트레스에 시달리게 됩니다. 스트레스에 시달리다 보면 짜증이 나고 매사에 의욕을 잃게 되지요. 이럴 땐 몸과 마음을 편히 쉬게 해야 합니다. 그래서 몸에 쌓인 노폐물을 씻어내고 마음의 긴장감을 풀어 주어야 하지요. 그래야 방 안의 탁한 공기를 갈아주듯 새로운 에너지를 마음에 채울 수 있습니다.

글을 쓰다 보면 많은 생각을 하게 되고, 지속적인 생각으로 몸과 마음에 피로가 쌓이게 됩니다. 이럴 땐 하던 일을 잠시 멈추고 묵은 마음을 갈아주고, 머리를 맑게 정화해야 합니다.

어느 햇살 좋은 날 강둑을 산책하다 문득 하늘을 보니 구름 한 점 없이 맑았습니다. 텅 빈 하늘을 보자 마음이 시원해짐을 느꼈지요. 그러자 몸과 마음이 가벼워졌습니다. 텅 비어서 오히려 장엄한 하늘은 한 편의 잠언이었습니다. 나는 텅 빈 하늘을 보며 한참을 위로받을 수 있었습니다.

구름 한 점 없이 맑다
푸르다
고요하다
아, 텅 비어서 더 장엄하고
아름다운 하늘

새들이
꽃처럼 날개를 활짝 펴고
무리 지어 날아간다

아, 비어서 더 엄숙하고
고고한 하늘

이 시는 〈허공〉이란 시로 그때의 느낌을 쓴 시입니다. 허공은 내 마음을 맑게 씻어준 자연의 선물이었던 것입니다.

나는 몸과 마음이 무거워질 때 시를 읽습니다. 시는 언제 읽어도 좋습니다. 시는 내게 있어 위안의 메시지이고, 언어의 숲길이며, 몸과 마음을 깨끗이 정화시키는 마음의 명약입니다.

몸과 마음이 지칠 땐 하던 일을 잠시 내려놓고, 한 잔의 카피를 마시며 좋아하는 음악을 듣거나 산책하고, 좋은 시나 명언, 잠언 등을 읽으며 몸과 마음의 긴장을 풀어주세요. 그러면 몸과 마음이 가벼워지는 걸 느끼게 될 겁니다.

어제의 실패를
오늘의 출발점으로 삼아라

　자신을 폄하하고 학대하는 것은 자신을 무시하는 행위입니다. 그것도 아주 철저히 그리고 무지막지하게 깎아내리는 것입니다. 자신을 폄하하고 학대하는 사람들은 대개 열등감에 빠져 있습니다. 그리고 분명한 것은 자신을 폄하하고 학대하는 행위는 더더욱 자신을 못난 사람으로 만들 뿐만 아니라, 그 결과는 언제나 가슴 시리도록 참혹할 뿐이지요.

　자신을 폄하하고 학대하는 일에서 벗어나야 합니다. 자신을 폄하하고 학대하는 일에서 벗어나는 가장 확실한 방법은 자신을 사랑하고 존중하는 것입니다. 이에 대해 독일의 철학자 프리드리히 니체는 다음과 같이 말했습니다.

　"자신을 대단하지 않은 사람이라고 폄하해서는 안 된다. 그 같은 생각은 자신의 행동과 생각을 옭아매기 때문이다. 자신을 존중하는 것부터 시작하라."

그렇습니다. 참으로 적확한 지적이 아닐 수 없습니다.

사람들이 자신을 폄하고 학대하는 경우는 주로 실패를 했을 때입니다. 실패는 자신을 부족하고 못난 사람으로 생각하게 하니까요. 하지만 그렇게 생각해선 안 됩니다. 사람은 누구나 실패를 합니다. 실패를 했다고 해서 실패한 인생이 아닙니다. 실패를 하니까 사람인 것이지요.

그렇습니다. 그런 까닭에 실패의 쓰라림과 두려움에서 벗어나야 합니다. 나아가 실패를 실패로 여기지 말고, 새로운 내일을 향한 오늘의 출발점으로 삼으세요. 그리고 자신을 토닥이며 아낌없이 사랑하고 격려하십시오. 그러면 스스로를 폄하고 학대하는 것으로부터 벗어나, 활기 넘치는 새로운 인생으로 거듭나게 될 것입니다.

✉

인생을 살다 보면 실패는 늘 오는 손님과 같습니다. 그런데 문제는 실패를 하면 자신을 못난 사람이라 여겨 스스로를 학대하는 경우가 있습니다. 이는 매우 잘못된 일입니다. 실패를 새로운 오늘의 출발점으로 생각하세요. 그러면 실패는 더 이상 실패가 아니라 자신의 인생을 바꾸는 기회가 될 것입니다.

084

문제는 자신의 내부에
그 원인이 있다

"인간이 느끼는 대부분의 불쾌한 일, 곤란한 일은 자기 자신의
내부에 그 원인이 있는 것이다."

이는 고대 그리스 스토아 학파 철학자인 에픽테토스의 말입니
다. 나는 수많은 철학자 중 에픽테토스를 좋아합니다. 그는 노예
신분으로 해박한 지식과 삶을 성찰하는 뛰어난 지혜를 가진 사람
이었습니다.

그는 초창기에는 종교적 가르침으로 그리스도교 사상가들로부
터 깊은 존경을 받았습니다. 내가 그를 좋아하는 것은 노예라는
최악의 상황에서도 진리를 탐구하고 불확실한 삶을 살아가는 사
람들에게 위안을 주고 희망을 불어넣어 주었기 때문입니다.

에픽테토스는 모든 잘못을 자신의 탓으로 돌리는 사람과 그렇
지 않은 사람 중 어느 쪽을 택할 것인가에 대해 자신의 탓으로 생
각하라고 엄중히 말합니다. 그가 이렇게 단호하게 말할 수 있는
것은 노예라는 악조건 속에서 갖가지 불평등을 감수하고, 자신이

원하는 일을 하며 행복한 삶을 살았다고 자부하기 때문이지요.

생각해 보세요. 노예란 신분으로 산다는 것이 얼마나 혹독하고 고통스런 일인지를. 그러나 그는 모든 것은 자신에게 주어진 운명이라고 여기고, 자신에게 처해진 불합리적인 것도 받아들이는 삶을 선택함으로써 자신이 원하는 인생을 살았던 것입니다.

자신에게 처해진 인생의 문제를 남의 탓으로 돌리지 말기 바랍니다. 자신의 탓으로 여기는 것이야말로, 자신을 한층 더 참된 사람으로 끌어 올리는 기회가 될 것입니다. 왜 그럴까요. 그런 사람이야말로 참된 자아를 존중하기 때문입니다.

그렇습니다. 모든 문제는 자신의 내부에 그 원인이 있다는 에픽테토스의 말처럼, 스스로를 점검하고 살피는 일에 게을리하지 말기를 바랍니다.

✉

문제만 있으면 남의 탓으로 돌리는 사람들이 있습니다. 이런 사람들은 자신을 살피는 일에는 매우 게으르지요. 그러다 보니 문제만 있으면 늘 남의 탓만 합니다. 이런 생각은 스스로를 잘못되게 하고, 실패한 인생으로 몰아갑니다. 모든 문제는 자신의 내부에 원인이 있다고 믿고 적극 자신을 돌아보고 살피도록 하기 바랍니다.

085

어리석은 사람이
되어서는 안 되는 이유

"어리석은 사람은 조금만 따뜻해져도 오래도록 입고 있던 겨울 옷을 집어 던진다. 행복의 면동이 틀 때야말로 불행했을 때의 좋은 벗을 잊어서는 안 된다."

이는 빌헬름 뮐러가 한 말로 그는 어떤 환경에서도 변치 않는 사람이 지혜로운 사람이라고 말합니다. 사실 이렇게 산다는 것은 매우 힘듭니다. 대개는 환경이 변하면 그 환경에 따라 자신을 맞추려고 하기 때문이지요. 물론 이는 자연스러운 일이기도 합니다. 하지만 문제는 '개구리 올챙이 적 생각 못 한다'라는 말이 있듯 자만하고 교만한 사람으로 변질되는 것입니다. 이렇게 변하는 순간부터 그 사람의 삶은 외면받기 시작합니다. 어느 누구도 그런 사람에게 따스한 눈길을 주지 않으려고 하기 때문이지요.

이처럼 환경이 변했다고 지난날을 잊고 함부로 말하고 행동하는 사람이야말로 어리석은 사람이라고 빌헬름 뮐러는 말합니다. 그래서 어리석은 사람은 그 무지로 인해 사람들로부터 손가락질을 받는 것이지요.

늘 푸름을 잃지 않는 소나무와 같이, 변함없이 흐르는 강물처럼 자신의 환경이 변해도 변치 않는 모습을 간직할 수 있는 사람이 되어야 합니다. 이런 사람은 지혜로운 사람으로서 누구에게나 호감을 주고 인정받습니다.

빌헬름 뮐러가 어떤 환경에서도 변하지 않고 불행했을 때의 좋은 벗을 잊지 말라고 한 것은, 사람을 대하든 사물을 대하든 인간의 본질에 충실하라는 것을 뜻합니다. 다시 말해 인간의 참 본질은 어떤 환경의 변화에도 좋은 벗을 잊지 않는 것처럼 자기의 근본을 잊지 않는 것이니까요.

그렇습니다. 지혜로운 사람이 되어 행복한 삶을 살기 바란다면 인간의 본질을 망각하지 말고, 어려울 때나 잘됐을 때나 언제나 변치 않는 사람이 되어야 하겠습니다.

지혜로운 사람과 어리석은 사람의 차이는 환경의 변화에 휘둘리지 않음에 있습니다. 지혜로운 사람은 과거의 어려웠을 때를 잊지 않지만, 어리석은 사람은 쉬 잊어버리고 교만한 작태를 드리우곤 하지요. 어려웠을 때나 잘되었을 때나 교만하지 않고 몸가짐을 바르게 함을 잊지 말기 바랍니다.

086

자신을 사랑하듯
부족함 없이 사랑하라

"사랑은 오래 참고 사랑은 온유하며 투기하는 자가 되지 아니하며 사랑은 자랑하지 아니하며 교만하지 아니하며 무례히 행치 아니하고 자기의 유익을 구하지 아니하며 성내지 아니하며 악한 것을 생각지 아니하며 불의를 기뻐하지 아니하며 진리와 함께 기뻐하고 모든 것을 참으며 모든 것을 믿으며 모든 것을 바라며 모든 것을 견디느니라. 사랑은 언제까지든지 떨어지지 아니하나 예언도 폐하고 방언도 그치고 지식도 폐하리라. 그런즉 믿음, 소망, 사랑 이 세 가지는 항상 있을 것인데 그중에 제일은 사랑이라."

이는 사랑의 참 '본질'을 가장 잘 보여주는 문장으로써, 신약성경 고린도 전서(13장 1~13절) 말씀입니다. 이 말씀 속엔 사랑에 대한 포괄적 개념이 일목요연하게 잘 명시되어 있습니다. 나는 이 말씀을 대할 때면 한없이 경건해지곤 합니다. 그리고 한없이 부끄러워지기도 하지요. 그 말씀대로 살지 못하기 때문이니까요.

일찍이 사랑에 대해 이처럼 명료하게 표현한 그 어떤 시인도 소설가도 예술가도, 사상가도, 철학자도 없었습니다. 그들이 말하는 것은 단지 단편적인 개념에 불과할 뿐이니까요. 그런 까닭에 고린도 전서(13장 1~13절) 말씀은 한층 더 깊은 울림을 주는 것입니다.

바울은 한때 예수그리스도를 부정하고, 예수그리스도를 따르는 사람들을 박해한 표독한 인물입니다. 그는 바리새인 중에 바리새인이며 해박한 지식을 갖춘 학자에다 유대인으로서 로마 시민권까지 가진 특권층이었습니다. 그랬던 그가 자신의 무례함과 오만을 벗고 사랑의 메신저가 되어 그리스도의 사랑을 전하는 사도가 되었습니다. 그가 회심을 하고 사도가 되었던 것은 그를 벌하지 않고 사랑으로 온전히 인도하신 하나님의 은총에 따른 것입니다.

당신이 행복하고 잘되고 싶다면 사랑하십시오. 당신이 사랑하는 가족과 친구들 그리고 당신이 늘 만나는 사람들을 진심으로 이해하고 사랑하세요. 사랑만이 모두를 평안하게 하고 행복하게 하고 복되게 할 수 있으니까요.

그렇습니다. 사랑은 자신을 낮춤으로써 모두를 사랑하고, 스스로를 더욱 높아지게 하는 아름다운 은총인 것입니다.

사랑은 모든 불행을 행복으로 바꾸는 원동력입니다. 사랑은 모두를 행복하게 하는 근원입니다. 사랑은 불가능을 가능하게 하는 원천입니다. 진실로 행복하고 싶다면, 스스로를 복되게 하고 싶다면 자신을 겸허히 하고 자신을 사랑하듯 사랑하십시오.

087

고난에 굴복하지 않는
너 자신이 되라

하나님은
우주를 만드셨다지만

농부는
쌀 콩 옥수수 배추 무
수박 참외 등
사람들이 먹는 것을 지어낸다.

그런데도 사람들은
농부들을 무시한다.

농부가 없다면
농사는 누가 짓지?

그러고 보니

200

농부는 하나님 다음으로
높은 분이다.

이는 어린이들을 위해 쓴 나의 〈농부〉라는 동시입니다. 이 동시의 주제는 뜨거운 햇볕 아래서 땀을 뻘뻘 흘리며 농사일을 하는 농부들을 통해 어린이들에게 농부에 대한 고마운 마음을 길러주기 위한 것이지요. 농부들의 수고가 없다면 쌀, 콩, 옥수수, 배추, 무, 수박, 참외 같은 농작물은 누가 키울까요. 농사를 짓겠다고 나서는 사람은 보기 드물 거예요.

그런데 그 힘든 농사를 지어 우리가 먹고 살 수 있도록 해주니 농부들이 얼마나 고맙습니까. 물론 돈을 주고 사 먹지만, 농산물이 없다면 아무리 돈이 있다 한들 아무 소용이 없겠지요.

쌀농사를 짓기 위해서는 구십구 번의 손길이 가야 한다는 말이 있듯 그만큼 정성의 손길이 많이 가야 합니다. 그러니 농사일이 힘들 수밖에 없습니다. 그런데 사람들은 농사짓는 농부들을 하찮게 여기는 것 같습니다. 배우지 못해서 농사일을 한다고 생각하는 사람도 있으니까요. 이는 아주 잘못된 일이지요. 농사일은 아무나 할 수 없는 일입니다. 많은 인내심이 필요하지요. 비가 많이 오면 장마가 질까 하여 걱정, 비가 안 오면 가뭄이 들까 봐 걱정, 멧돼지, 노루들이 농작물을 망칠까 걱정, 태풍이 오면 농작물이 망가질까 봐 걱정하는 등 온갖 걱정을 이겨내야 하니 농부들의 인내심은 참으로 대단할 수밖에 없습니다. 그래서 "농부는 천심天心을 가진 사람이다"라는 말이 있습니다. 그런 까닭에 농부는 하나님 다음으로 높은 분이라고 표현했던 것입니다.

이처럼 농부는 그 어떤 직업보다도 소중한 직업입니다. 사람들의 먹거리를 담당하니 그 얼마나 막중한 일인지요. 어린이들도, 어른들도, 농부들의 수고를 생각해서 쌀 한 톨, 콩 한 알이라도 허투루 낭비하는 일이 없어야겠습니다.

또한 농부들이 가뭄이라는 고초, 장마라는 고초, 태풍이라는 고초 등 갖가지 고초를 이겨내야 비로소 추수하는 기쁨을 거둘 수 있듯 저마다 일을 함에 있어 아무리 고난이 따르더라도 절대로 고난에 굴복해서는 안 될 것입니다. 고난에 굴복하면 그 어느 것도 해낼 수 없기 때문이지요.

그렇습니다. 농부가 농사짓는 마음으로 일을 하세요. 그러면 그 어떤 고난도 이겨낼 수 있습니다. 고난을 성공의 디딤돌로 삼기 바랍니다.

'농자천하지대본農者天下之大本'이라는 말이 있습니다. 즉 '농사짓는 일이 하늘과 땅의 근본이다'라는 뜻으로 농사가 그만큼 중요하다는 것이지요. 그러니 농부는 당연히 소중한 존재라고 할 수 있습니다. 농부가 힘든 일을 이겨내고 수확의 기쁨을 누리듯, 자신이 하는 일에 고난이 따르더라도 반드시 이겨내기 바랍니다. 고난을 이기는 순간 기쁨이 두 팔을 벌리고 안아줄 것입니다.

088

문제를 명쾌하게
해결하는 10가지 지혜

인간은 유한한 존재지만 노력 여하에 따라 무한한 잠재력을 계발하고, 발휘할 수 있는 창의적인 존재입니다. 창의성이 있다는 것은 인간에게는 대단한 축복이자, 인간이 왜 만물의 으뜸인 존재가 될 수 있는지에 대한 바로미터이기도 하지요.

그런데 이처럼 똑똑한 존재인 인간도 어떤 문제에 봉착하게 되면 당황할 때도 있고 막막함에 절망할 때도 있습니다. 하지만 진정으로 자신을 사랑한다면 어떤 문제가 자신 앞에 놓이게 될지라도 절대로 실망하거나 좌절해서는 안 됩니다.

가령, 사과나무 아래서 입을 악어 같이 벌리고 있어 보세요. 사과를 얻을 수 있는지를. 간혹 떨어지는 사과가 있더라도 그것은 단지 썩고 벌레 먹은 것뿐입니다. 그렇다면 이에 대한 해답은 분명해집니다. 장대를 들고 사과를 따든가, 아니면 사과나무에 올라가서 따든가 해야 합니다. 그것이야말로 문제를 해결하는 최선의 방법이니까요.

01. 어떤 문제도 반드시 해결될 수 있다는 굳은 신념을 가져라.

02. 고요한 마음으로 묵상하며 최대한 평안한 마음을 가져라.

03. 무리하게 문제를 해결하려고 하지 마라. 순리를 따라 차근차근 해결하라. 문제 뒤엔 항상 답이 있다.

04. 주관적인 편견을 버리고 한 발 떨어져서 객관적으로 문제점을 바라보라. 처음엔 희미하나 또렷하게 보이게 될 것이다.

05. 문제점을 메모지에 하나씩 적어보라. 그리하면 좀 더 생각이 분명하게 될 것이다.

06. 문제점에 대해 기도하라. 기도를 하면 안 보이던 길이 보일 것이다.

07. 인생의 선배나 스승에게 지혜를 구하라. 사람 사는 법은 누구나 같다. 지혜를 구하는 것도 문제해결에 한 방편이다.

08. 책을 읽어라. 책 속에 수많은 해답이 숨어 있다.

09. 낯선 곳으로 여행을 하라. 새로운 기분을 전환시키는 것도 문제점을 해결하는 좋은 방법이다.

10. 현실에서 피하지 말고 적극적으로 대응하는 자세를 가져라. 적극적이고 능동적인 자세야말로 문제해결에 최정점이 될 것이다.

이는 탁월한 자기계발 동기부여가이자 명저《적극적인 사고방식》의 저자인 노만 V. 필 박사의 〈문제를 명쾌하게 해결하는 10가지〉입니다. 이 글에는 문제를 해결하는 다양한 방법이 제시되어 있습니다.

인생을 살아가다 보면 생각하는 대로 되는 일보다 그렇지 않은 일이 참 많습니다. 그렇다고 해서 손 놓고 넋나간 것처럼 있을 수 없는 게 인생이지요. 당신에게 주어진 인생은 오직 당신 것입니다. 하나뿐인 소중한 당신의 인생을 위해 그 어떤 문제가 당신을 가로막고 버티고 있을지라도 반드시 문제를 해결하고 인생의 승리자가 되기 바랍니다.

인생을 살다보면 많은 문제에 봉착하게 됩니다. 자신에게 문제의 원인이 있어 문제가 발생하는 경우가 대부분이지만, 뜻하지 않은 일로 생기는 문제도 있습니다. 이럴 땐 난감해하며 쩔쩔매게 되지요. 이럴 때 문제를 해결하기 위해 할 수 있는 최선의 방법을 다해야 합니다. 그것만이 문제에서 벗어날 수 있는 가장 확실한 방법이니까요.

089

사랑에 대한
세 가지 조건

사랑을 할 때 조건을 거는 이들이 있습니다. 자신 외에는 다른 사람에게 절대 한눈팔지 말라고 하거나, 하루에 세 번은 꼭 통화를 하자고 하는가 하면, 일주일에 한 번은 꼭 문화생활을 하자는 등 그 조건도 사람마다 다 다르지요. 이처럼 조건을 거는 것은 상대방을 오직 자신에게만 집중하기 위한 사랑의 방식이기 때문입니다.

그런데 문제는 처음 얼마간은 흥미롭게 시작을 합니다. 하지만 시간이 지남에 따라 간섭받는 것 같아 귀찮아지고 꼭 이렇게 해야 하나 하는 의구심이 들기도 하지요. 이런 마음이 한번 들게 되면 지키지 않는 경우가 종종 발생합니다. 그렇게 되면 둘 사이에 문제가 발생하게 됩니다.

이렇게 본다면 사랑에 조건을 건다는 것은 유치한 일이라는 생각이 들지요. 하지만 서로의 아름다운 사랑을 위해서라면 이것만은 꼭 해두는 것도 좋다는 생각입니다. 이에 대해 소설《좁은 문》의 저자이자 프랑스의 작가인 앙드레 지드는 이렇게 말했습니다.

"첫째, 마음이 순결해야 하고 둘째, 신 앞에 부끄러움이 없어야 하고 셋째, 그 어떤 것에도 두려워하지 않는 용기를 지녀야 한다."

앙드레 지드의 말엔 인간의 참된 진정성이 잘 나타나 있습니다. 그렇습니다. 앙드레 지드의 말처럼 세 가지를 갖출 수 있다면, 서로가 서로에게 최고의 사랑이 됨으로써 깊은 사랑과 맑은 행복을 얻게 될 것입니다.

아름다운 사랑을 꿈꾼다면, 행복한 인생을 바란다면 사랑하는 사람을 만족하게 하십시오. 상대방 또한 자신의 모두를 걸고 당신을 사랑할 것이기 때문입니다. 사랑엔 일방통행이 없습니다. 사랑은 반드시 양방통행이어야 합니다. 그래야 그 사랑은 오래가고 서로를 만족하게 할 것입니다.

세상에 극복할 수 없는
문제란 없다

살다 보면 너무나 행복해 어쩌지 못하는 경우도 있고, 자신만이 불행하다고 생각해 절망할 때도 있고, 노력의 대가에 대해 한없이 만족해하며 기뻐할 때도 있고, 기울인 노력만큼 결과가 나타나지 않아 실망할 때도 있습니다.

또한 믿었던 사람에게 배신을 당해 인간에 대해 환멸을 느끼게 되고, 사기를 당하게 될 때도 있고, 실수를 해 난감해할 때도 있고, 실패를 함으로써 좌절할 때도 있고, 전혀 뜻하지 않은 일로 인해 생을 포기하고 싶을 때도 있습니다.

정해진 인생의 프로그램에 따라 살면 참 좋겠지만, 내일을 예측할 수 없는 불확실성을 안고 살아가는 관계로 언제 어느 때 무슨 일이 일어날지 모르는 게 삶인 것이지요.

그렇다고 본다면 문제는 간단합니다. 그 어떤 문제가 가로막고 길을 비켜주지 않는다면, 그 길을 뚫고 가는 수밖에 없습니다. 그렇지 않으면 그 길을 통과할 수 없으니까요.

그렇습니다. 문제를 해결하는 것만이 최선의 길인 것입니다. 세상에 존재하는 문제는 다 해결할 수 있다고 굳게 믿어야 합니다.
그러나 그것을 극복해야겠다는 마음이 없다면 결코 해결할 수 없
습니다. 이에 대해 자기계발서 저자이자 강연가인 돈 에직은 말합
니다.

> "우리가 할 수 있는 최선은, 문제가 무엇인지 정확히 간파하고
> 그 상황을 개선할 수 있는 계획을 세운 다음 그대로 실천하는
> 것이다."

그렇습니다. 문제의 해결점을 간파한 뒤 해결할 수 있다는 강인
한 마음으로 시도할 때만 문제를 해결할 수 있습니다. 세상에 극
복할 수 없는 문제는 없는 법이니까요.

인간은 살아가면서 많은 문제에 봉착하게 됩니다. 문제의 원인은 본인일 수도 있고, 전
혀 뜻하지 않은 일일 수도 있습니다. 그런데 문제는 어떻게든 해결해야 한다는 것입니
다. 그렇지 않으면 문제의 늪에서 헤어 나오지 못할 테니까요. 문제를 해결하는 것만이
최선의 방법이라는 걸 잊지 말기 바랍니다.

091

감정을 다스리는 일에
익숙해지기

"쉽게 화를 내고 싶지 않다면 그런 습관을 키우지 말아야 한다.
화를 돋을 만한 일을 하지 않아야 한다."

고대 그리스 스토아 학파 철학자 에픽테토스가 한 말입니다. 이
말은 감정을 조절하지 못하면 쉽게 화를 내게 되고, 그대로 두면
습관이 들기 때문에 화가 돋지 않게 감정을 조절해야 한다는 것을
의미합니다. 이는 매우 보편적이지만 가장 현실적인 문제이지요.
그러기 때문에 감정조절 능력을 길러야 하는 것입니다.

"미워하기는 쉽고 사랑하기는 어렵다. 모든 것은 이와 같다. 선
한 것은 이루기 어렵고, 악한 것은 얻기 쉽다."

이는 공자가 한 말로 선한 것이 하기 어려운 것은 그만한 인내
와 노력이 따라야 하기 때문이지요. 선한 일을 하다 보면 내 맘대
로 되지 않아 감정이 격해지게 되는데 이때 감정을 잘 조절할 수

있어야 합니다.

그러나 악한 것은 인내하거나 노력이 따르지 않아도 됩니다. 그냥 감정이 시키는 대로 하면 되니까요. 감정이 시키는 대로 한다는 것은 자칫 잘못될 수 있는 일이기에 이를 매우 조심해야 합니다.

"감정이 격하면 매사를 바르게 느낄 수가 없다. 또한 감정이 열처럼 높아지고 마음이 어두워지니, 옳고 그른 것과 그리고 선악을 판단하지 못한다. 그러므로 감정이 격할 때면 마음을 가라앉혀야 하며 감정이 열처럼 높아지면 마음을 차게 식혀야 한다."

이는 《채근담》에 나오는 말씀으로 감정이 그 사람에게 미치는 영향이 얼마나 부정적으로 작용하는지를 잘 알게 합니다.

그렇습니다. 아무리 이성적인 사람이라 할지라도 감정이 격해지면 풍랑에 요동치는 거룻배와 같습니다. 감정을 잘 다스리는 것이야말로 진실로 강한 것이며, 그런 사람이야말로 참 지혜로운 사람입니다.

사람 사이에 문제가 발생할 시 모든 일을 원만히 하기 위해서는 절대로 감정은 금물입니다. 감정적으로 해서 잘되는 일은 결코 없습니다. 감정은 이성을 가로막는 방해꾼이니까요. 감정을 억제하는 능력을 기른다면 모든 문제를 슬기롭게 극복할 수 있음을 마음에 새겨 실천하기 바랍니다.

CHAPTER 5

좋은
결과는

생각의
방식에서 온다

꽃에 향기가 있듯 사람에겐 품격이 있다.
꽃은 싱싱할 때에는 향기가 신선하듯이
사람도 마음이 맑지 못하면 품격을 보전하기 어렵다.
썩은 백합꽃은 잡초보다 오히려 그 냄새가 고약하다.

_ 윌리엄 세익스피어

친절,
감동의 몸짓 언어

삶을 성공적으로 살았던 이들 가운데는 친절하고 성실한 사람들이 많습니다. 최고 CEO이면서도 직원들의 이름을 기억했다 친숙하게 불러주었던 헨리 포드, 맨주먹으로 전설적인 백화점 왕이 된 존 워너메이커, 호텔 벨보이 출신으로 호텔왕이 된 콘라드 힐튼 등은 친절의 대명사로 불리지요.

자신들을 따뜻하게 대해주는 헨리 포드를 위해 직원들은 최선을 다해 일했습니다. 그 결과 포드는 인류사에 길이 남는 기업가가 되었지요. 또한 고객을 자기 몸처럼 대하고, 직원들의 잘못을 솔선수범함으로써 깨우치게 했던 워너메이커의 친절한 행동은 그를 최고의 백화점 왕이 되게 했으며, 친절하고 진정성이 있는 자세로 고객을 대했던 콘라드 힐튼은 전 세계 곳곳에 힐튼 호텔을 가진 호텔왕이 되었습니다.

이렇듯 친절은 무형의 자산이자 감동의 몸짓 언어이지요. 친절은 돈으로 살 수 없고 그 어떤 것으로도 살 수 없습니다. 친절은 오직 친절한 말씨와 행동에서 오는 것이니까요.

"친절한 마음가짐의 원리, 타인에 대한 존경은 처세법의 제일
조건이다."

이는 스위스 작가 아미엘이 한 말로 친절은 바람직한 처세의 조
건이자 감동의 조건임을 알 수 있습니다.

그렇습니다. 친절한 말씨, 친절한 행동은 누구에게나 감동을 줍
니다. 그래서 친절한 사람이 많은 세상이 밝고 행복하지요.

'나는 과연 어떤 사람인가?'

가끔 스스로에게 물어보십시오. 그리고 스스로 점검하고, 스스
로에게 친절에 대한 점수를 매겨보세요. 그래서 자신의 부족함이
발견되면 지체 없이 반성하고 친절한 사람이 되도록 해야 합니
다. 친절은 자신뿐만 아니라 모두를 행복하게 하는 '기쁨의 꽃'이
니까요.

친절이 인간의 삶에 마치는 영향이 얼마나 크게 작용하는지에
대해《탈무드》는 이렇게 말합니다.

"똑똑하기보다는 친절한 편이 더 낫다."

친절한 사람을 보면 기분이 좋습니다. 마치 더운 여름날 마시는 샘물처럼 가슴을 시원
하게 하지요. 친절한 말, 친절한 행동에는 사람들의 마음을 즐겁게 하는 기쁨의 에너지
가 강하게 작용하기 때문입니다. 그렇습니다. 친절은 사람이라면 반드시 갖추어야 할
인간다움의 근본이며 삶의 윤활유입니다.

생이 깊어갈수록
우리가 해야 할 것들

나이를 먹는다는 것은 세월의 흐름을 따르는 일이며, 거부할 수 없는 세월의 법칙입니다. 하지만 진정한 의미에서의 나이를 먹어가는 것, 즉 생이 깊어진다는 것은 삶을 알아간다는 것입니다. 어떻게 사는 것이 더 인간다운 삶이며, 자신에게도, 타인에게도, 사회에도 바람직한 삶인지를 앎으로써 인간의 깊이를 더해가는 것이지요.

철부지였던 사람들도 생이 깊어 가면서, 지금과는 다른 삶을 살기 위해 노력하는 것은 깨달음을 통해 '삶의 본질'을 터득했기 때문이지요. 하지만 어떤 이들은 젊었을 때나 나이를 먹어서나 별반 달라지지 않음을 볼 수 있는데, 이는 스스로를 부끄럽게 하고 타인에게나 사회에 아무런 도움도 되지 않는 그야말로 빈껍데기 같은 삶에 불과하지요.

사람은 자신이 태어난 것에 대한 값을 해야 합니다. 그것이 무엇이든 이타적인 사람이 될 때 생은 더욱 향기를 더하고, 깊이를 더함으로써 스스로를 만족하게 하고 행복하게 하는 것이지요.

"꽃에 향기가 있듯 사람에겐 품격이 있다. 꽃은 싱싱할 때에는 향기가 신선하듯이 사람도 마음이 맑지 못하면 품격을 보전하기 어렵다. 썩은 백합꽃은 잡초보다 오히려 그 냄새가 고약하다."

영국의 시인이자 극작가인 윌리엄 셰익스피어가 한 말로 품격 있는 사람이 되기 위해서는 마음을 맑게 해야 함을 알 수 있습니다. 여기서 마음을 맑게 한다는 것은 삶의 향기를 지니는 사람이 되어야 한다는 것을 말합니다.

그런 까닭에 생이 깊어질수록 인간미를 갖추어야 하고, 배려하고 사랑하는 일에 익숙해져야 하는 것입니다. 그랬을 때 좀 더 생을 가치 있고, 보람되게 살아가기 때문이지요.

그렇습니다. 생이 깊어지는 만큼 인간미도 삶도 깊어지게 됨을 잊지 말아야 합니다. 생이 깊어진다는 것, 그것은 참다운 자신을 만나는 거룩한 행위와 같으니까요.

생이 깊어질수록 스스로에게 부끄러움이 없어야 합니다. 부끄러움이 있다면 그것은 인생을 잘못 살았다는 방증이니까요. 그렇습니다. 스스로에게도 타인에게도 사회에도 떳떳하고 자긍심을 가질 수 있도록 하는 것, 그것이야말로 생을 더욱 깊이 있게 할 것입니다.

094

용서란
덕을 쌓는 일이다

"용서란 타인에게 베푸는 자비심이라기보다는 흐트러지려는
나를 나 자신이 거두어들이는 일이 아닐까 싶다."

이는 법정 스님이 한 말로 용서란 잘못되어질 수 있는 자신을
바로 세우는 하나의 행위와도 같음을 알 수 있습니다. 용서는 마음
을 맑게 씻는 세심의 의미가 담긴 말이라고도 할 수 있으니까요.

"가장 나쁜 사람은 용서를 모르는 사람이다."

잉글랜드 학자이자 설교가인 토머스 풀러가 한 말로, 용서할 줄
모르는 사람에 대한 강한 질타가 잘 나타난 말입니다. 이는 무엇
을 뜻하는가요. 한마디로 용서할 줄 알아야 하고, 용서하라는 말
입니다. 토머스 풀러 입장에서 용서는 사람으로서 당연히 해야 할
하나의 도덕적 행위와도 같은 것이지요.

"용서는 마음의 덕을 쌓는 일이다."

《경행록》에 나오는 말로써 용서는 아름다운 행위이며 사랑을 실천하는 일과 같습니다. 그래서 덕을 쌓는 일이라고 한 것입니다. 즉, 아름다운 행위를 실천한다는 것은 '덕'을 쌓는 일임에 조금도 부족함이 없는 까닭이지요. 이처럼 용서는 상대에게도 자신에게도 더없이 아름다운 일이 아닐 수 없습니다.

가장 큰 용기는 '용서'라는 말이 있습니다. 용서할 수 없는 일을 용서한다는 것은 그 어떤 것보다 용기를 필요로 하기 때문이지요. 그런 까닭에 용서할 수 없는 용서는 현자만이 할 수 있는 일이라고 할 수 있습니다.

그렇습니다. 사람은 누구나 현자가 될 수 있지만, 또한 누구나 현자가 될 수 없습니다. 현자가 되는 일은 깊은 깨우침을 통해 울림이 깊은 통찰을 설파할 수 있어야 합니다.

그렇습니다. 용서를 모르는 사람이 나쁜 사람이듯, 용서는 현자만이 할 수 있을 만큼 힘든 일이지요. 당신이 현자가 되고 싶다면 용서할 수 없는 일조차도 용서하기 바랍니다.

나쁜 사람이 되고 싶다면 충분히 용서할 수 있는 일도 용서하지 마십시오. 그러나 현자가 되고 싶다면 용서할 수 없는 일조차도 용서하세요. 용서는 사랑을 실천하는 일이며 그 어떤 것보다도 아름다운 일입니다.

095

가장 아름다운
대가

자신이 만족한 인생을 살고 싶다면 그렇게 할 수 있도록 스스로를 도와야 합니다. 그러기 위해서는 자신이 하는 일에 대해 빈틈없이 계획하고 그것을 차근차근 실행에 옮겨야 합니다. 실행하는 과정에서 힘들다고 포기하면 그 어떤 결과도 이루지 못합니다. 그리고 누군가가 해주길 기다린다면 그것은 감나무 아래에서 감이 떨어지길 기다리는 것과 같습니다.

"하늘은 스스로 돕는 자를 돕는다"는 말이 있듯, 스스로를 돕는 것은 최선을 다해 열정을 바치는 일입니다. 그렇게 꾸준히 해나가다 보면 어느 순간 자신이 원하는 결과를 얻게 됩니다. 그리고 이런 사람들 중에는 스스로를 도왔듯이 다른 사람을 돕는 것을 자신의 의무인 양 즐겨 행합니다.

인류 역사상 크게 성공한 이들의 공통점은 자신이 하는 일을 최선을 다해 이뤘다는 것입니다. 그리고 아무리 힘들고 어려운 일이 가로막아도 묵묵히 헤치고 나갔다는 것입니다.

또한 그들은 자신의 성공을 자신만의 노력으로 이룬 성공이라고 생각하지 않는다는 것입니다. 그들은 자신이 성공할 수 있었던 것은 주위 사람들이 함께 했기 때문이라고 생각합니다. 그래서 그들은 자신을 돕듯 남을 돕는 일에 아주 적극적이지요.

"스스로를 돕지 않고는 진정으로 다른 사람들을 도와줄 수 없다. 이 사실이야말로 우리의 삶이 주는 가장 아름다운 대가 중 하나다."

이는 미국의 사상가이자 시인인 랄프 왈도 에머슨이 한 말로 자신이 잘되었듯이 남을 잘되게 도와주라는 것입니다. 왜냐하면 그것은 곧 삶이 자신에게 주는 가장 아름다운 대가이기 때문이라는 것입니다.

그렇습니다. 자신을 돕듯 누군가를 돕는 것처럼 아름답고, 의미 있고, 행복한 일은 없습니다. 그런 까닭에 자신을 돕듯 남을 잘 돕는 사람은 남 돕는 것을 매우 즐겁게 여기는 것이지요.

자신이 진정으로 만족하고 행복한 인생이 되길 바란다면 자신에게 열정을 다 바치듯 누군가를 돕는 것을 즐겁게 하기 바랍니다. 그것은 삶이 자기에게 주는 가장 아름다운 대가이니까요.

만족한 인생을 살고 싶다면 스스로를 돕듯 누군가를 돕는 것입니다. 즉 자신도 잘되고 남도 잘되게 할 수 있다면 그 얼마나 아름답고 행복한 일인가요. 그렇습니다. 스스로를 돕듯 누군가를 돕는 것은 가장 아름다운 대가라는 걸 알고 실천한다면 가장 만족한 인생을 살게 될 것입니다.

096

내 인생의
철학을 가져라

미국 정치사에서 가장 성공한 대통령 중 한 사람으로 평가받는 로널드 레이건. 그는 2선(40~41대)을 역임한 대통령으로 영화배우 출신답게 잘생긴 외모에 환한 미소, 빼어난 유머 감각으로 참모를 비롯한 미국 국민들을 사로잡았지요.

그러나 무엇보다도 그는 안정적인 경제력을 바탕으로 강한 미국을 표방하여 미국 국민들로부터 존경을 한 몸에 받았습니다. 그가 재임할 당시 세계는 미국을 중심으로 하는 자유 진영과 소련을 중심으로 하는 공산 진영으로 양분되어 있어 서로를 견제하던 때였습니다.

레이건은 강한 지도력을 바탕으로 고르바초프 소련 대통령과의 협상에서 주도권을 잡으며 소련을 붕괴시켰습니다. 그로 인해 소련은 해체되었으며 러시아를 비롯한 우즈베키스탄, 세르비아공화국 등 위성국가로 재편성되었지요.

레이건이 소련을 무너뜨리고 미국을 세계 최강국으로 확고하게 뿌리 내릴 수 있었던 것은 그만의 철학이 있었기에 가능했습니다. 그는 공산주의를 배격했습니다. 공산주의는 자유와 평화를 위협하는 세력으로 인식했던 것입니다. 그리고 세계 최강국인 미국으로 하여금 세계질서를 주도하는 것이었습니다. 그는 자신의 정치철학대로 자신의 뜻을 이룰 수 있었습니다. 그는 자신의 인생철학에 대해 이렇게 말했던 것입니다.

> "인생에서 이루고자 하는 것을 생각해 결심을 굳히고, 그런 다음 그 목표를 향해 매진하면 결코 손해 보지 않는다. 어떻게든 성공하니까 말이다."

이 말에는 레이건의 인생철학과 신념이 잘 나타나 있음을 알 수 있습니다.

그렇습니다. 자신의 인생을 자신이 원하는 대로 하고 싶다면, 레이건이 그랬듯이 자신만의 철학을 가져야 합니다. 그리고 자신의 목표를 세우고 자신의 철학에 따라 매진하는 것입니다. 최선을 다해 매진할 때 목표는 이루어지는 법이니까요.

뿌리가 견고한 나무는 강력한 태풍에도 쓰러지지 않습니다. 이와 마찬가지로 자신만의 철학을 가진 사람은 든든한 뿌리를 가진 것과 같아 그 어떤 시련에도 쉽게 굴복하지 않는답니다. 자신만의 철학을 가져야 합니다. 그것이 자신의 인생을 튼튼하게 하는 최선의 비결이니까요.

097

열정을 불러일으키는
평범한 생각

열정熱情이란 말의 사전적 의미는 '어떤 일을 함에 있어 열렬한 애정으로 하는 마음'을 일러 말합니다. 즉, 자신이 하고자 하는 일에 열과 성의를 다해 마치 목숨을 바치듯이 하는 몸가짐 마음가짐을 말하지요. 이런 마음을 갖고 있다면 그 어떤 것도 두려워하지 않고 매진할 수 있습니다.

"지금이야말로 일할 때다. 지금이야말로 싸울 때다. 지금이야말로 나를 더 훌륭한 사람으로 만들 때다. 오늘 그것을 못 하면 내일은 그것을 할 수 있을까?"

이는 독일의 영적 사상가 토머스 아 켐피스가 한 말로 열정이란 지금 당장 시도하고 정열을 바쳐 힘쓰는 거라는 걸 알 수 있습니다. 지금이란 시간은 지나가면 다시는 오지 않지요. 지금을 무의미하게 보내는 것은 자기 인생에 대한 예의가 아닙니다. 그것은 그만큼 자신의 인생을 허비하는 것이니까요.

이렇듯 열정은 내일이 아닌 바로 오늘, 그리고 바로 지금 자신의 열과 성의를 쏟아붓는 것을 말합니다. 그런데 여기서 중요한 것은 우리가 늘 하는 평범한 생각이 열정을 불러일으킨다는 데 있습니다. 우리가 아무렇지도 않게 생각하는 그 생각이 영감을 주지 못하는 훌륭한 생각보다도 더 가치가 있고 더 많은 것을 이루게 한다는 사실입니다. 이에 대해 메리 케이 애시는 이렇게 말합니다.

"열정을 불러일으키는 평범한 생각이 아무에게도 영감을 주지 못하는 훌륭한 생각보다 더 많은 것을 이루게 한다."

메리 케이 애시의 말처럼 세상에 존재하는 모든 것들은 평범한 생각이 불러일으킨 것을, 열정을 품고 실행한 이들이 있었기에 가능할 수 있었습니다.

그렇습니다. 모든 꿈의 결과는 생각과 열정이 이룬 달콤한 열매인 것입니다. 당신은 어떤가요? 당신 또한 당신의 인생에서 성공이란 달콤한 열매를 맺길 바랄 것입니다.

크든 작든 그 어떤 일도 그것을 이루겠다는 생각과 열정 없이 이룬 것은 없습니다. 생각은 열정을 불러일으키고 열정은 생각을 이루고자 시도하는 행위인 것입니다. 자신이 원하는 것을 얻고자 한다면 오늘 생각한 것을 내일로 미루지 마십시오. 오늘 못 하면 내일도 못 할지도 모릅니다. 오늘 생각한 것은 지금 바로 매진하여 나아가기 바랍니다.

098

나는 나만을 위한
작업을 한다

사라 문은 패션모델 출신의 사진작가입니다. 그것도 패션을 전문으로 하는 패션사진가이지요. 그녀가 패션사진작가가 된 것은 패션모델과는 다른 매력을 느꼈기 때문입니다. 이에 대해 그녀는 이렇게 말합니다.

"모델 일을 하며 그다지 매력을 느끼지 못했다. 무대는 제한된 공간에 스스로의 생각에 따를 수 있는 여지가 적은 세계다. 게다가 모델 일은 젊어서 한때 할 수 있는 일이라고 생각했다. 그러던 중 빌린 카메라로 사진을 찍었는데 아주 흥미로운 경험을 했다. 그러한 매력에 이끌려 사진을 찍게 되는 계기가 되었고, 나는 패션사진에 흥미를 갖기 시작했다."

사라 문의 작품 세계는 환상적이고 동화적입니다. 사실적인 것을 찍되 그것에 환상을 입히는 것이 그녀만의 장점이지요. 일흔이 넘은 나이에 그런 환상적인 작품 세계를 보일 수 있는 것에 대해 다음과 같이 말합니다.

"난 어린아이의 영혼을 아직 간직하고 있다. 예전 열정을 그대로 유지하고 있다는 것에 대해 나 자신도 놀라고 있다. 현실도 중요하지만 허구의 세계를 찍기 위해 노력하고 있다."

사라 문은 자신의 존재를 매우 중요하게 여깁니다. 그것은 그녀의 말에서도 잘 나타납니다.

"나는 나 자신을 위한 작업을 한다. 패션계의 주문을 받아도 지금 스타일과는 다른, 좀 더 틀에 박히지 않고 풍부하게 표현하려는 나만의 작업을 한다."

그렇습니다. 틀에 박히지 않은 자기만의 세계를 갖는다는 것, 그것은 문학이든, 예술이든, 혹은 자신이 하는 일에서든 가장 자기답고 독창적인 세계라는 것을 늘 염두에 두고 실천한다면 좋은 결과를 얻게 될 것입니다.

세계적인 모델에서 패션사진작가로 성공한 사라 문. 그녀는 자기 색깔이 분명합니다. 그녀가 새로운 세계에서 성공할 수 있었던 것은 자신의 말대로 자신만의 작업을 하기 때문입니다. 그렇습니다. 나다운 것이 가장 아름답고 독창적인 것이지요. 나답게 산다는 것, 그것이 곧 성공의 비결인 것입니다.

좋은 결과는
생각의 방식에서 온다

사람은 창의적인 동물이며 창의는 곧 생각하는 가운데 길러집니다. 그런데 생각하지 않는다면 어떻게 창의력을 기를 수 있을까요. 그것은 있을 수 없는 일이지요.

이 세상에 존재하는 모든 것은 그것이 예술이든, 과학이든, 영화든, 인문학이든, 기업이든, 문학이든, 발명품이든, 개인의 삶이든 모두 생각함으로써 발전되어 오늘에 이른 것입니다.

생각하지 않으면 사는 대로 생각하고, 생각하면 생각하는 대로 살게 됩니다. 자신이 원하는 삶을 살기 위해서는 생각하고, 생각하는 대로 실행하면 생각하는 대로 살게 되지요. 혹여 그러는 과정에서 자신의 생각이 맞지 않다면 생각의 방식을 바꿔서 하면 새롭게 느끼게 되고 새로운 방식으로 해나가면 되는 것입니다. 이 평범한 진리를 알면서도 지키지 않는 것은 의지의 문제입니다. 생각을 실행하는 의지와 끈기가 없어 못 하는 것이니까요.

성공적인 삶을 살아가는 이들이 성공할 수 있었던 것은 톡톡 튀는 생생한 생각들이 마치 푸른 바다를 누비는 돌고래처럼 파닥이며 생동감을 주기 때문이지요. 그리고 그 생각대로 실행했던 것이지요. 그들이 가졌던 몇 가지 공통된 생각입니다.

첫째, 자신의 계발을 위해 끊임없이 생각하고, 새로운 생각의 옷을 갈아입었습니다. 둘째, 생각한 것은 망설임 없이 즉시 실행에 옮겼으며 미치도록 죽을 듯이 노력했습니다. 셋째, 자신의 성공의 에너지를 자신뿐만 아니라 타인들을 위해 아낌없이 제공했습니다. 넷째, 실패를 두려워하지 않았으며, 그 실패까지도 긍정의 에너지로 기꺼이 받아들였습니다. 다섯째, 언제나 긍정적으로 생각하고 능동적으로 행동했으며, 부정적인 생각과 행동을 경계했습니다.

그렇습니다. 성공한 이들은 이 다섯 가지 생각을 근본으로 하여 생각하고 매진한 끝에 인생의 승리자가 되었던 것입니다.

자신이 생각하는 대로 삶을 살기 바란다면 자신의 생각대로 해나가되 생각대로 잘 안 되면 생각하는 방식을 바꾸면 느끼는 방식도 바꿀 수 있어 새롭게 해나갈 수 있습니다. 문제는 자신이 해내느냐 하는 의지입니다. 생각과 의지를 잘 맞추어 해나갈 때 성공은 문을 활짝 열고 맞아줄 것입니다.

같은 문제도 어떻게 생각하느냐에 따라 결과는 놀랍도록 달라집니다. 생각의 방식이 성패를 결정하는 것입니다. 자신이 하는 일을 성공시키고 싶다면 남과 다른 자신만의 생각과 방식으로 매진하기 바랍니다.

낙관적인 태도가
인생에 미치는 가치

"인간의 삶은 식물과 같아서 여러 가지 영양분을 골고루 흡수해야만 성장할 수 있다. 그렇지 않으면 이 세상에 씨앗을 남기고 얼마 후에는 시들어 버리는 식물과 같다. 하지만 우리가 식물과 다른 것이 있다면 자신의 청사진을 그려보고 능동적으로 바꿔나갈 수 있다는 점이다. 만일 식물의 수동적인 면만을 따르다 보면 일차원적인 목적밖에 이루지 못한다. 또한 자신에게 주어진 가능성을 효율적으로 이끌어 내지 못한다. 현명한 사람이라면 미래에 대한 움직임 없이 현재의 틀 안에만 갇혀 있다가 더 크게 성장할 수 있는 시기를 결코 놓치지 않을 것이다."

이는 독일의 철학자 임마누엘 칸트가 한 말로 능동적인 자세가 삶에 미치는 절대적 영향에 대해 잘 알게 합니다.

능동적인 자세를 갖는 것이 중요한 것은 긍정적인 마인드와 낙관적인 생각에서 오기 때문입니다. 긍정적인 마인드는 발전기와 같아 끊임없이 자신감을 불어넣어 주지요. 그리고 낙관적인 생각은 부정적이고 침울한 마음을 맑은 햇살처럼 산뜻하게 바꾸어 줌으로써, 능동적인 자세로 자신이 하는 일을 돕게 만들어주는 것입니다.

"낙관적인 태도는 목표 달성에 필수 불가결한 요소이며 용기와 진정한 발전의 토대다."

이는 목사이자 심리치료사인 알렉산더 로이드가 한 말로, 그가 낙관적인 태도는 목표 달성에 필수 불가결한 요소이며 용기와 진정한 발전의 토대라고 말한 것은 바로 이를 두고 하는 말입니다.

그렇습니다. 낙관적인 자세를 갖는 것만으로도 이미 자신이 하고자 하는 일의 반은 이룬 셈입니다. 매사를 긍정적으로 생각하고 낙관적이고 능동적인 자세로 임하는 것, 이것이야말로 자신을 잘 되게 하는 최선의 법칙입니다.

낙관적인 자세는 긍정적인 마인드에서 오고 능동적으로 행하게 합니다. 그래서 낙관적인 자세를 갖는다는 것은 그 어떤 것보다도 실효성이 큽니다. 매사를 낙관적으로 행하면 부정적인 생각과 마음을 어지럽히는 우울함도 말끔히 거둬낼 수 있습니다. 낙관적인 자세는 행복의 근원입니다.

101

사는 동안 날마다
진심을 다해 살아가기

하루하루를 사는 것은 기적과 같다는 생각이 듭니다. 하루 동안 이 지구상에는 수많은 일들이 일어나고 수많은 사람들이 하늘의 별이 됩니다. 어제의 하늘은 오늘과 달라 보이고, 오늘은 어제와는 다른 세계를 가듯 하루하루가 숨 가쁘게 돌아갑니다.

그만큼 우리가 사는 세상은 갖가지 모험으로 가득 찬 모험의 세계와도 같습니다. 모험의 세계에서 잘 살아가기 위해서는 모험을 두려워해서는 안 됩니다. 그 어떤 일이 자신에게 주어져도 모험을 하는 마음으로 해나가야 합니다. 그렇지 않으면 남에게 뒤처지게 되고 자신의 존재 가치를 잃고 마니까요. 이에 대해 미국의 사상가이자 시인인 랄프 왈도 에머슨이 이렇게 말했습니다.

"삶은 모험이다. 살 수 있는 동안 열심히 살아라. 오늘은 결코 다시 오지 않으며 내일은 오직 한 번 올 뿐이고, 어제는 영원히 가버린 상태다. 현명하게 선택하고 당신이 만들어 낸 모험을 만끽하라."

에머슨의 말이 설득력을 갖는 건 깊은 경험에서 우러난 말이기 때문입니다. 그 또한 자신의 인생을 모험하듯 열심히 살았던 사람이니까요.

인생을 여러 번 살 수 있다면 이것도 해보고 저것도 해볼 텐데 아쉽게도 인생은 단 한 번뿐입니다. 그런 까닭에 단 한 번뿐인 인생을 대충 산다는 것은 스스로를 폄하하고 모독하는 일이지요. 그래서 우리는 하루를 모험하듯 살아야 하는 것입니다. 그렇게 할 때 크든 작든 그 어떤 일도 해낼 수 있기 때문이니까요.

그렇습니다. 우리는 누구나 살아가는 동안 하루를 일 년 같이 열심히 살아야겠습니다. 그것이야말로 자신의 인생에 대한 예의이자 온전한 사랑이기 때문입니다.

삶은 그 어떤 것도 모험 아닌 것은 없습니다. 삶은 그 자체가 내일을 알 수 없는 신비한 동굴과도 같기 때문이니까요. 그렇다면 문제는 간단합니다. 모험의 세계에서 살아남는 법은 모험을 하듯 열심을 다해 자신의 길을 가는 것입니다. 그러다 보면 자신이 원하는 삶의 도착지에 도달하게 될 테니까요. 모험을 즐기듯 열심히 삶을 살아야 하겠습니다.

102

나의 가치를 드높이는
공기 인간이 되어라

"우리는 여러 가치관이 병존하는 시대에 살고 있다. 자신의 가치관을 살리기 위해서는 공기 인간이 되어야 한다. 공기처럼 가볍고 어떤 곳도 파고들 수 있는, 누구에게나 꼭 필요한 것을 갖추고 있는 사람이 되어야 한다."

이는 유대인 랍비 마빈 토케이어가 자신의 저서 《유대인의 성공법》에서 한 말입니다. 공기는 사람과 동물, 식물 등 살아있는 모든 것들에게 반드시 필요한 존재이고, 공기가 없다면 그 무엇도 이 지구상에 살아남을 수 없습니다. 또한 공기는 작은 틈만 있어도 그곳이 어디든지 스며듭니다.

이러한 공기처럼 공기 인간이란 누구에게나 반드시 필요하고, 어떤 상황에서도 막히지 않고 제 역할을 다하는 사람을 일러 말합니다.

유대왕국이 로마로부터 멸망을 당한 뒤 유대인들은 2000년 동안 세계 각지로 흩어져서 망망한 들판에 아무렇게나 자라난 들꽃

같이 살았습니다. 비가 오면 비를 맞고, 뜨거운 햇살이 내리비치면 뜨거운 햇살에 몸을 맡기고, 폭풍이 휘몰아치면 비바람을 견디며 자라는 거친 들풀처럼 그들은 온갖 멸시와 핍박을 받으면서도 꿋꿋하게 자신들을 지켜냈습니다.

오늘날 유대인들은 세계 각처에서 가장 부유한 사람들로, 가장 성공한 사람들로 자타가 인정하는 민족이 되었습니다.

유대인이 그처럼 될 수 있었던 것은 그들이 공기 인간이라는 데 있습니다. 어디에도 없으면 안 되고 누구에게나 필요한 존재인 공기 인간, 이 공기 인간이야말로 21세기를 살아가는 데 꼭 필요한 인간형인 것입니다.

그렇습니다. 치열한 21세기에 살아남기 위해서는 그리고 자신이 추구하는 삶을 살아가기 위해서는 공기 인간, 즉 '창의적 멀티형 인간'이 되어야 합니다. 입체적으로 사고하고, 삶을 즐기며, 이타적인 삶을 지향하기 바랍니다. 그렇게 될 때 당신 역시 공기 인간으로 살아가게 될 테니까요.

살아있는 모든 것들에게 꼭 필요한 공기처럼 우리는 공기 인간이 되어야 합니다. 그래서 누구에게나 필요한 가치를 지녀야 합니다. 물론 공기 인간이 되는 것은 쉽지 않습니다. 하지만 공기 인간이 되도록 진심을 다해야 합니다. 그것은 자신을 가치 있는 인간으로 살아가게 하는 최대의 행복이기 때문입니다.

103

안주하지 말고
탐험하고 꿈꾸며 발견하라

　성공적인 인생을 살았던 이들이나 살고 있는 이들의 한 가지 뚜렷한 공통점은, 자신의 꿈을 이루기 위해 현실에 안주하는 것을 경계하고 그 길이 아무리 힘들어도 묵묵히 걸어갔다는 데 있습니다. 그 길을 가지 않으면 자신이 원하는 인생을 살 수 없다는 것을 그들은 잘 알았던 것이지요.

　《허클베리 핀의 모험》, 《톰 소여의 모험》, 《왕자와 거지》로 유명한 미국의 대표적인 작가 중 한 사람인 마크 트웨인은 가난으로 인해 어린 시절부터 평탄치 않은 삶을 살았습니다. 12살 때 아버지를 여의고 인쇄소 견습공으로 일하며 각지를 떠돌았습니다. 그러다 미시시피강의 수로 안내원으로 일하며 자신의 미래를 꿈꾸었지요. 그리고 그는 광산 기사가 되었고 그 후 신문기자로 일했습니다. 그러던 중 작가들과 교류하며 소설을 쓰기 시작했습니다. 1867년 첫 작품으로 단편집 《캘리베러스군의 명물 뛰어오르는 개구리》를 출간하여 명성을 얻었습니다.

　어니스트 헤밍웨이는 "모든 미국 문학은 마크 트웨인의 《허클

베리 핀의 모험》에서 나온다"고 주장한 것으로 유명합니다. 이는 마크 트웨인이 미국 문학의 아버지로 불릴 만한 근거가 되는 말이 기도 하지요.

"안전한 항구를 벗어나 항해하라. 돛에 무역풍을 가득 담고 탐험하고, 꿈꾸며, 발견하라."

이처럼 마크 트웨인이 한 말은 자신의 경험이 잘 녹아든 말로, 무엇인가 남과 다른 자신만의 길을 가기 위해서는 안주해서는 안 된다는 것을 분명히 하고 있습니다.

그렇습니다. 현실에 안주하고 좋은 길로만 가려고 한다면 남과 다른 길을 가지 못합니다. 힘들고 어려워도 꼭 가야 한다면 그 길을 가야 합니다. 그래야 시도하지 않은 것에 대해 후회하지 않을 뿐더러, 자신이 원하는 인생을 살게 될 것입니다.

현재에 안주하는 사람은 더 이상 발전을 기대하지 말아야 합니다. 더 이상의 노력 없이 어떻게 지금보다 낫기를 바란단 말인가요. 지금보다 나은 인생을 위해서는 탐구하고 모험하는 일에 주저하지 말아야 합니다. 빛나는 아름다운 결과는 거듭된 노력의 산물인 것입니다.

104

고난을 이겨낼 때
환희의 무대가 따른다

인도의 민족지도자 마하트마 간디는 무저항주의자로 영국에 대항해 독립을 이뤄냄으로써 인도 국민들로부터 영웅으로 추앙받고 있습니다.

간디는 인도의 작은 소공국인 포르반다르 총리를 지낸 아버지 카람찬드 간디의 셋째 아들로 태어났습니다. 간디의 부모는 철저한 힌두교 신자로 부모의 영향을 받은 간디는 어린 시절부터 정직과 성실성이 몸에 배었지요. 간디는 영국으로 유학하여 법률을 공부하고 변호사 자격을 취득한 후, 인도로 돌아와 남아프리카 공화국에서 변호사로 일했습니다.

그러던 어느 날 기차를 타고 가다 백인 차장으로부터 유색인종이란 이유로, 정당하게 돈을 주고 산 1등석에서 쫓겨나는 등의 심한 모욕을 받았습니다. 그 일이 있은 후 그는 차별받는 동포들을 위해 정치가로서 삶을 바꿉니다. 동포들을 위해 한껏 역량을 펼치던 그는 유명 인사가 되었습니다. 그 후 인도로 돌아온 그는 영국의 지배하에 있던 인도 독립을 위해 목숨을 걸고 무저항으로 투쟁

한 끝에 인도의 독립을 이끌어 냈습니다.

"크든 작든 가치 있는 모든 성취에는 고난의 무대와 환희의 무대가 따른다."

이는 간디가 한 말로 그의 마음 자세를 잘 알게 합니다. 그가 영국으로부터 독립을 이끌어 낼 수 있었던 것은 어떤 고난에도 흔들리지 않은 확호불발確乎不拔에 있습니다. 확호불발이란, 삼경의 하나인 《역경易經》에 나오는 말로 '단단하고 군세어 뽑히지 않는다는 뜻입니다.

그 어떤 일도 그것을 이루기 위해서는 크든 작든 어려움이 따르기 마련입니다. 특히 그 일이 대의大義를 위한 일이라면 더더욱 고난이 따르게 됩니다. 이때 흔들리지 않고 굳게 맞서서 나가는 강한 의지가 필요하지요.

그렇습니다. 당신이 하는 일이 아무리 힘들고 어려워도 흔들리지 말고, 분골쇄신하는 마음으로 해나간다면 크든 작든 뚜렷한 결과물이 반겨 맞아줄 것입니다.

고난 없이 잘된 사람은 그 어디에도 없습니다. 고난은 어디든지 따라오는 성공의 동반자이니까요. 고난을 딛고 선 성공이 더 가치가 큰 것은 고난을 물리치고 이룬 결과이기 때문입니다. 고난을 고난이라고 여기면 인생은 괴롭지만, 고난을 친구로 여기면 성공한 인생이 될 수 있습니다.

105

진리에 이르는 길은
진리의 길 단 하나다

"진리에 대한 탐색이 시작되는 곳에서 항상 인생은 시작된다.
진리에 대한 탐색이 중단된다면 인생도 거기서 끊어지게 된다."

영국의 비평가이자 사회사상가인 존 러스킨의 말로 진리에 대
한 탐구가 인간의 삶의 미치는 영향에 대해 잘 알게 합니다. 존 러
스킨의 말처럼 진리의 탐색이 멈출 때 인생은 갈 길을 잃고 헤매
게 되지요. 진리는 인간이 존재하는 한 계속적으로 탐구되어야 하
는 영원한 삶의 명제이니까요.

그렇다면 진리의 탐구가 필요한 이유는 무엇일까요. 이에 대해
프랑스 사상가 장 자크 루소는 "오류에 이르는 길은 수없이 많다.
그러나 진리에 이르는 길은 단 하나다"라고 말했는데, 그의 말처
럼 오류에 빠지지 않기 위해섭니다. 오류는 인간에게 치명적인 결
과를 줌으로써 자칫 멸망에 이를 수 있기 때문이지요.

왜 그럴까요. 오류에 빠지게 되면 '악'이 득세를 하고, 인간은 악
의 사슬에 갇히게 되는 우를 범하게 됩니다. 이에 대해 공자는 이

렇게 말했습니다.

"세계의 모든 악은 거짓 지식으로부터 일어난다."

거짓 지식이란 진리를 오도하게 하는 '악의 덫'입니다. 악의 덫에 걸리지 않기 위해서는 끊임없이 진리를 탐구해야 하는 것입니다.

"아침에 도를 깨치면 저녁에 죽어도 좋다."

이 또한 공자가 한 말로 아침에 도道, 즉 진리를 깨닫게 되면 그것은 인간으로서 최고의 가치임으로 저녁에 죽어도 여한이 없음을 말합니다. 그러니까 진리에 이르게 되면 인간으로서의 삶은 모든 것을 이룬 것과 같아 부족함이 없음을 말하는 것이지요.

그렇습니다. 소크라테스도 부처도 공자도 진리를 쫓아 평생을 살았으며, 동서고금 수많은 철학자와 사상가들 역시 진리 탐구를 위해 살았습니다. 진리는 인간에게 있어 영원한 화두이자 삶의 목적입니다.

진리에 이르는 길은 내가 진실할 때만 가능합니다. 내가 진실하지 않는데 어떻게 진리에 이를 수 있을까요. 그렇다면 문제는 간단합니다. 그 어떤 상황에서도 진실하고 진실해야 합니다. 진리는 진실에서 오는 거룩한 탐구의 발자취이기 때문이니까요.

배움의 목적은
자신의 사상을 만드는 것이다

"만나는 사람 누구에게나 무엇인가를 배울 수 있는 사람이 세
상에서 가장 현명한 사람이다."

이는《탈무드》에 나오는 말로 배움의 자세가 잘 갖춰진 사람에
대해 말합니다. 즉, 진정한 배움의 자세를 갖춘 사람은 배울 것이
있다면 그가 누구든 개의치 않고 배운다는 것입니다.

유대인들은 배움을 중시하여《탈무드》의 가르침을 그대로 따르
는 것으로 유명합니다. 오늘날 유대인이 다양한 분야에서 두각을
나타내는 것은 바로 배움을 중요시하고 배우기에 힘쓰는 그들의
민족성에 있습니다. 그리고 유대인들은 질문하고 질문에 답하는
것을 좋아합니다. 질문은 가르침을 주는 사람이나 가르침을 받는
사람 모두에게 분위기를 환기시킴으로써 집중하게 하는 힘이 있
습니다. 그런 까닭에 질문은 배움에 있어 매우 중요한 학습법이지
요. 질문의 중요성에 대해《탈무드》에는 이런 말이 있습니다.

"묻는 것은 배움의 첫걸음이다."

참으로 적확한 지적이 아닐 수 없습니다. 모르는 것을 묻지 않으면 영원히 알 수 없습니다. 그럼에도 묻지 않는다는 것은 오만일 수밖에 없는 것이지요. 그런데 영국의 정치학자 제임스 브라이스는 "배움의 목적은 배운 지식을 자신의 사상으로 만드는 데 있다"고 말합니다.

이는 무엇을 말하는 걸까요. 단지 배움을 통해 아는 것으로 끝나는 것이 아닌, 자신의 사상을 만들어야 한다는 데 목적이 있다는 것입니다. 참으로 옳은 말입니다. 아는 것을 넘어 자기만의 철학과 사상을 만들 때 배움은 진정성의 가치를 지니는 것입니다.

그렇습니다. 배움은 곧 자기만의 철학과 사상을 만드는 수단이자 최고의 가치인 것입니다.

배움을 경쟁의 수단으로 삼고, 취업의 수단으로 삼는 현실에서 보면 배움의 가치는 한없이 초라함을 느낍니다. 배움은 경쟁과 취업의 수단이 아닙니다. 배움의 진정한 목적은 배움을 통해 나만의 철학과 사상을 만드는 데 있습니다. 배움의 가치를 오도하지 말아야겠습니다.

107

여행의 진정한 목적은
새로운 눈을 갖는 데 있다

　낯선 곳으로의 여행은 가슴을 설레게 합니다. '낯선'이란 말은 신비스러움, 기대감, 새로움, 비밀스러움 등을 내포하고 있기 때문이지요. 여행은 반복되는 일상에서 지친 경직된 몸과 마음을 풀어줌으로써 새로운 에너지를 충전하는 데 있어 그 어떤 것보다도 효율성이 뛰어나지요.

　낯선 곳에서 보고 듣고 느끼고 경험하는 즐거움은 상상 외로 크다는 것을 여행을 해본 사람들은 누구나 공감하는 공통점이지요. 또한 그 지역의 특산품을 사거나, 음식을 먹는 기분도 참 유쾌하고 흥미로운 일이 아닐 수 없습니다. 그런데 단지 즐기고 느끼고 맛보는 것만으로, 여행의 전부라고 생각해서는 안 된다며 프랑스의 작가 마르셀 프루스트는 이렇게 말합니다.

　"진정 무엇인가를 발견하는 여행은 새로운 풍경을 바라보는 것이 아니라 새로운 눈을 가지는 데 있다."

프루스트가 말하는 새로운 눈을 갖는다는 것은 새로운 생각과 아이디어의 발상 등 창의적인 행위를 의미합니다. 새로운 눈을 갖게 되면 지금과 다른 삶을 창출創出하게 되고, 새로운 삶을 통해 매우 만족하고 행복한 나로 살아가게 됩니다.

이처럼 여행의 본질은 새로운 곳에서 먹고 즐기고 경험하고 느끼는 것이 아니라, 그것을 통해 새로운 생각, 새로운 마음가짐, 즉 새로운 눈을 갖는 데 있습니다.

그렇습니다. 지금과 다른 자신으로 거듭나고 싶다면 시간이 주어지는 대로 여행을 떠나세요. 그리고 새로운 눈을 기름으로써 자신을 새롭게 거듭나게 하기 바랍니다.

여행을 즐기는 사람은 단지 여행을 즐기는 것으로 압니다. 그러나 여행의 진정한 목적을 아는 사람은 여행을 통해 새로운 것을 발견하려고 합니다. 새로운 눈, 새로운 생각, 새로운 가치를 갖는 것이야말로 여행의 진정한 목적인 것입니다.

108

인간의
모든 실패의 원인

사회라는 공동체에는 환경이 다르고, 배움이 다르고, 성격이 다르고, 경제력이 다른 사람들이 한데 어울려 살아갑니다. 여기서 중요한 것은 공동체의 질서를 흐리지 않고 화합함으로써 조화를 이루어야 하는 것입니다. 그렇게 될 때 모두가 자신의 자리에서 자신이 하는 일을 즐겁게 하며 행복한 일상을 보내게 되는 것이지요.

그런데 사람들 중엔 이기심에 사로잡혀 사회에 반하는 언행을 일삼는 사람도 있고, 사회 질서를 어지럽히는 반사회적인 사람도 있습니다. 이런 사람들 중엔 악의적이고 반인륜적인 댓글로 자신과 아무 상관이 없는 사람들을 고통으로 몰아넣고, 싸움닭처럼 사사건건 비판함으로써 타인의 명예를 손상시킵니다. 이는 아주 잘못된 행태가 아닐 수 없습니다.

그럼 왜 이런 일이 벌어지는 걸까요. 그것은 단적으로 말해 타인에 대한 무관심과 배려심의 부족과 비판적 성향 때문이지요. 타인에 대한 무관심은 타인에 대한 흥미를 잃게 하고, 자신이 하고 싶은 대로 해도 된다는 부정적인 시각에 사로잡히게 하지요. 이런 사람은 사회생활의 부적응자로 해를 끼치는 자이지요.

심리학자 알프레드 아들러는 이런 사람들을 가리켜 "다른 사람에게 흥미를 가지지 않는 자가 인생의 큰 어려움을 가진 자로서 다른 사람에게 가장 큰 해를 끼치는 자이다. 인간의 모든 실패의 원인은 그런 자들 때문이다"라고 말합니다.

참으로 적확한 지적입니다. 이런 부류의 사람들은 사회의 발전을 저해하고 자신을 실패로 몰아넣으며 타인들을 힘들게 하는 사회적 장애자라고 할 수 있습니다. 따라서 타인에 반하는 말과 행동은 금하고 더불어 살아가는 일에 자신의 책무를 다해야 합니다.

그렇습니다. 우리는 누구나 사회의 일원으로서 타인에 대해 관심을 갖고 배려함으로써 우리 사회를 위해 책임을 다할 의무가 있습니다. 그것이야말로 사회가 잘되고 자신이 잘되는 생산적인 일이니까요. 우리는 너나없이 그런 사람이 되어야 하겠습니다.

자신만 아는 사람, 이런 사람들로 가득 찬 사회는 죽은 사회입니다. 자신만 아는 이기주의자들은 사회 질서를 흐리고 타인을 곤경에 처하게 하지요. 활기찬 사회, 생명력 넘치는 사회에서 행복하게 살고 싶다면 다른 사람에 대해 배려하고 흥미를 가져야 합니다. 그것이야말로 스스로를 잘되게 하고 인간이 모든 실패로부터 벗어날 수 있는 최선의 방책이니까요.

109

우리의 삶은 우리가 삶에
갖는 태도에 따라 달라진다

똑같은 환경 아래서도 사람들의 삶은 각기 다릅니다. 그것은 환경적인 영향에 있기도 하지만, 그보다는 그 환경을 어떻게 받아들이고 자신에게 맞게 적용하느냐에 따라 달라지는 것이지요. 다시 말해 삶이 자신에게 일어나는 것이 아니라 자신이 삶에 어떻게 반응하고 어떤 태도를 갖느냐에 따라 달라지는 것입니다. 이에 대해 미국의 작가 매들렌 렝글은 이렇게 말합니다.

"우리의 삶은 우리에게 일어나는 일이 아니라 우리가 거기에 어떻게 반응하느냐에 따라 달라진다. 또 삶이 우리에게 주는 것이 아니라 우리가 삶에 갖는 태도에 따라 달라진다."

매우 일리 있는 말이라고 할 수 있습니다. 저절로 다가오는 아름답고 행복한 삶은 없습니다. 그 어떤 삶도 우리가 먼저 다가가, 아름답고 행복하게 반응함으로써 만들어지는 것이니까요.

그렇다면 어떻게 삶에 반응해야 할까요. 그것은 매사를 긍정적으로 바라보고 생각하고 행동하는 것입니다. 긍정적으로 바라보면 긍정적으로 생각하게 되고, 긍정적으로 생각하면 긍정적으로 행동하게 됨으로써 자신에게 관계된 일을 유기적으로 작용하여 긍정적인 결과를 낳게 되지요. 이에 대해 자기계발 동기부여가인 나폴레온 힐은 다음과 같이 말했습니다.

> "긍정은 무한한 힘을 가지고 있다. 긍정적인 마음가짐은 영혼을 살찌우는 보약이다. 이러한 마음가짐은 우리에게 부, 성공, 즐거움과 건강을 가져다준다. 반대로 부정적인 마음가짐은 영혼의 질병이며 쓰레기다. 이는 부, 성공, 즐거움과 건강을 밀어내고 심지어 인생의 모든 것을 앗아간다."

나폴레온 힐의 말에서 알 수 있듯 긍정은 긍정을 부르고, 긍정적인 결과를 낳는 법입니다.

그렇습니다. 우리의 삶은 우리가 삶에 갖는 태도에 따라 달라집니다. 자신이 원하는 인생을 살고 싶다면 매사를 긍정적으로 바라보고, 생각하고, 실천하기 바랍니다.

우리가 어떻게 하느냐에 따라 삶은 달라집니다. 긍정적으로 생각하면 긍정적으로 나타나고, 부정적으로 생각하면 부정적으로 나타나니까요. 삶이 우리에게 원하는 것을 주는 것이 아니라, 우리가 어떻게 하느냐에 따라 삶은 달라지는 것입니다. 매사를 긍정적으로 생각하고 행동하는 것, 이것이 긍정적인 결과를 낳는 가장 확실한 비법입니다.

우리가 알아야 할
지고至高의 경지

감정을 잘 다스리는 일은 백 번을 고쳐 죽어도 어렵고도 어려운 일입니다. 그만큼 감정을 다스리는 일은 한계가 있습니다. 하지만 그래도 감정을 다스리는 일에 힘써야 합니다. 지성知性이 흔들리지 않고 있을 때 이때를 현자는 지고至高의 경지라고 말하듯, 자신을 현명한 사람으로 만드는 일이기 때문이니까요. 감정을 다스리기 위해서는 어떻게 해야 할까요.

첫째, 화가 나거나 참지 못할 경우에는 상대에게 자신의 마음을 숨기지 말고 얘기하되 최대한 차분하게 말합니다.

둘째, 감정이 억제가 안 될 땐 그 자리에서 벗어나 혼자만의 시간을 가짐으로써 마음을 가라앉히도록 합니다.

셋째, 마음을 차분히 해주는 시나 글을 읽거나 음악을 들으면서 감정을 절제하도록 합니다.

넷째, 친한 친구를 만나 자신의 마음을 털어놓고 조언을 듣거나 즐거운 시간을 보냄으로써 마음을 정화시킵니다.

감정이 나서 화가 날 땐 이 네 가지 방법을 적절하게 잘 적용한다면 많은 도움을 받을 수 있습니다.

그렇습니다. 감정이 날 땐 꾹꾹 눌러 참지 말고 자신의 마음을 긍정적으로 드러내는 것이 좋습니다. 그것이야말로 자신을 감정의 늪에서 건져내는 최선의 방법이랍니다. 그리고 나아가 자신의 품격을 끌어올리고 다스림으로 해서, 그 어떤 일에도 현명하게 대처하는 현자의 지혜를 발하게 되는 것입니다.

감정이 날 때 감정을 잘 조절하는 것은 매우 중요합니다. 감정에 빠져 화를 내면 자신도 상대에게도 부정적으로 작용하기 때문이지요. 감정이 날 땐 그 감정으로부터 벗어날 수 있도록 해야 합니다. 산책을 하거나 음악을 듣거나 친한 친구와 시간을 보내거나 자신의 마음을 차분하게 얘기함으로써 감정을 풀기 바랍니다. 감정을 잘 다스리는 것이야말로 최선의 지혜입니다.

다른 사람과
행복을 공유하는 삶

자신을 돕듯 남을 도우며 산다는 것은 덕을 쌓는 일이자 스스로를 복되게 하는 일입니다. 이런 사람의 가슴에는 사랑이 가득하고, 머리는 늘 타인을 생각하는 생각으로 가득하지요. 그리고 다른 사람과 행복을 공유하는 것이 자신을 행복하게 한다는 것을 누구보다도 잘 알기 때문에 자신을 돕듯 남을 돕는 일에 열정적이지요.

〈티파니에서 아침을〉, 〈전쟁과 평화〉, 〈로마의 휴일〉 등 수많은 영화에서 열연을 펼치며 세기의 연인으로 사랑받은 오드리 헵번은 〈티파니에서 아침을〉을 통해 유명해졌으며, 〈로마의 휴일〉에서의 열연으로 아카데미 여우주연상을 수상했으며 골든 글로브상, 에미상, 그래미상을 수상했습니다.

그녀는 1999년 미국영화연구소가 선정한 '지난 100년 동안 가장 위대한 인물 100명의 스타' 여성 배우 목록에서 3위에 오르기도 했습니다.

오드리 헵번의 삶이 아름답고 고귀한 것은 그녀가 영화배우로

서 이룬 업적이 아닙니다. 그녀가 영화배우의 직을 내려놓고 나서
행한 행보에 있습니다. 그녀는 유니세프 홍보대사로 활동하며 아
프리카, 아시아, 남미 등지에서 헌신적으로 자신의 후반부 인생을
보냈지요. 더구나 암에 걸린 상황에서도 그녀는 헌신을 멈추지 않
았고 자신의 목숨이 다할 때까지 자신의 인생에 헌신했습니다.

그녀가 화려한 은막의 세기적인 배우로서 헐벗고 굶주린 어린
이들을 위해 헌신할 수 있었던 것은 생명의 존엄성을 누구보다도
잘 알았기 때문입니다. 만일 그렇지 않다면 화려함에 물든 그녀가
최악의 환경 속에서 그것도 암에 걸린 환자로서 헌신적으로 살지
못했을 것입니다.

그녀가 많은 사람들에게 기억되고 존경받는 것은 세계 영화사
에 두고두고 남을 명배우이기 때문도 하지만, 사랑과 헌신으로 봉
사활동에 그녀의 마지막 인생을 아낌없이 바쳤기 때문이지요.

오드리 헵번처럼 다른 사람들과 행복을 공유하는 삶을 산다는
것은 참으로 복되고 은혜로운 일이지요.

그렇습니다. 자신을 돕듯 남을 도우며 살 때 행복은 더 크게 다
가오고, 그런 삶을 산다는 것은 아름다운 축복입니다.

자신만을 위한 행복이 울타리의 행복이라면, 다른 사람과 함께 공유하는 행복은 무한광
대無限廣大한 우주의 행복입니다. 스스로를 돕듯 남을 도울 때 무한광대한 행복은 다가오
는 것이지요. 그렇습니다. 그런 삶을 산다는 것, 그것은 가장 아름다운 축복입니다.

CHAPTER 6

선택은
언제나

자신만이
할 수 있다

행복과 불행은 크기가 미리부터 정해져 있는 것은 아니다.
다만 그것을 받아들이는 사람의 마음에 따라서 작은 것도
커지고 큰 것도 작아질 수 있는 것이다.
가장 현명한 사람은 큰 불행도 작게 처리해 버린다.
어리석은 사람은 조그만 불행을 현미경으로 확대해서
스스로 큰 고민에 빠진다.

_ R. 로시푸코

풍요로운 나를 위한
참 좋은 인생

참 좋은 인생을 산다는 것은 힘들고 어려운 일입니다. 그것은 절제를 필요로 하고, 인품도 갖춰야 하며, 인내심을 갖고 사람다운 사람으로 살아야 하기 때문이지요.

자신만을 위해 산다면 그것은 아무리 잘 살아도 반쪽짜리 삶일 수밖에 없습니다. 자신과 타인을 위한 삶이 조화롭게 이루어질 때 풍요로운 인생을 살게 되고, 참 좋은 인생으로 살아가게 되는 것입니다.

"남을 위해 일을 할 수 있었다는 것은 어린 시절부터 나의 최대의 행복이었으며 즐거움이었다."

이는 고전주의 음악의 완성자이며 낭만주의 음악의 선구자인 루트비히 판 베토벤이 한 말로 타인을 위하는 그의 생각이 잘 나타나 있습니다. 베토벤은 자신의 말대로 삶의 향기를 남기며 세계 음악사에 길이 남는 빛이 되었지요.

풍요로운 인생을 살며 참 좋은 인생이 되기 위한 삶의 자세에 대해 영국의 비평가이자 사회사상가인 존 러스킨은 이렇게 말했습니다.

"남의 불행 위에 자기의 행복을 만들지 마라. 나에게나 남에게나 따스한 온도가 통하는 것이 진실이다. 행복은 진실하기를 요구하며, 진실 그 자체는 행복이 아니라도 가까운 곳에 있는 것이다."

존 러스킨의 말처럼 자신에게나 남에게나 따스한 온도가 통하는 진실된 삶을 사는 것, 그런 삶이야말로 자신을 풍요롭게 하며 참 좋은 인생으로 살아가게 하는 것입니다.

그렇습니다. 풍요로운 인생이 참 좋은 인생이랍니다.

세상을 사는 동안 풍요로운 인생이 되고, 참 좋은 인생이 싶다면 누군가에게 의미 있는 인생이 되어야 합니다. 자신이 행한 모든 것들이 자신과 타인에게 빛이 되도록 해야 합니다. 빛이 캄캄한 길을 비추듯 자신에게도 타인에게도 인생이 빛이 되는 것, 그것이 자신을 풍요롭고 참 좋은 인생이 되게 하는 길인 것입니다.

113

진실을 전하는
가장 확실한 방법

미국의 철학자이자 시인이며 수필가인 헨리 데이비드 소로. 그는 하버드대학을 졸업하고 연필제조업, 교사, 측량 업무 등에 종사하기도 했습니다. 하지만 그는 문학과 철학에 깊이 심취해 집필 활동에 열중했지요.

그는 노예제도와 멕시코전쟁에 항의하여 월든의 호숫가 숲에 작은 오두막집을 짓고 최소한의 것만 갖추고 살았습니다. 그는 인두세 거부로 투옥당했으며, 노예 운동에 헌신했습니다. 그의 이런 사상은 간디와 마틴 루터 킹 목사에게 큰 영향을 주었지요. 또한 무소유의 삶을 실천하며 많은 존경을 받았던 법정 스님도 그에게 감명을 받아 살아생전 여러 차례에 걸쳐 월든을 방문한 것은 널리 알려진 이야기이지요.

소로는 에머슨과 더불어 위대한 초월주의 철학자이며 미국 르네상스의 원천이었습니다. 그의 일생은 물욕과 인습의 사회 및 국가에 항거하여 자연과 인생의 진실에 관한 문제에 대해 연구하고 그것을 저술하는 매우 의미 있는 삶이었습니다. 주요 저서로《고

독의 즐거움》,《월든》외 다수가 있습니다. 소로는 진실을 전하는
방법에 대해 이렇게 말했습니다.

"진실을 전하는 유일한 방법은 사랑을 담아 말하는 것이다."

소로가 진실을 전하는 매개체로 '사랑'을 말하는 것은, 사랑은
그 자체가 진실이기 때문입니다. 소로는 이에 대해 이렇게 말했습
니다.

"사랑이 담겨 있는 말만이 호소력을 갖는다. 명분만을 앞세운
말은 사람을 불편하게 한다."

참으로 절묘한 말이 아닐 수 없습니다.
그렇습니다. 사랑은 이 세상의 모든 불행과 억압과 불협화음을,
진실이란 하나의 길로 이끄는 등불이며 가장 확실한 방법입니다.

사랑은 그 어떤 순간에도 진실을 벗어나지 않습니다. 모든 것을 포용하고 용서하고 화해
하게 하는 사랑은 진실 그 자체이기 때문입니다. 그렇습니다. 사랑을 담아 말하고 행동
하세요. 진정한 사랑이 담긴 말과 행동은 진실에 이르는 최선의 방법이니까요.

114

유쾌하게 사는
행복하고 아름다운 지혜

　백사불여일행百思不如一行이라, 즉 백 가지 생각보다는 하나의 행동이 더 낫다는 말이지요. 세상에 그 어떤 일도 생각만으로 되는 것은 없습니다. 생각에 행동이 더해져야 그 어떤 결과라도 나타나는 것입니다. 이에 대해 고대 그리스 철학자 아리스토텔레스는 이렇게 말했습니다.

　"참고 견디는 것이 아니라 자진해서 하는 것, 이것이 유쾌한 것의 본질이다. 그러나 사탕이나 과자는 입 속에서 녹이기만 하면 맛이 있듯이 많은 사람들은 그것과 마찬가지 방법으로 행복을 맛보려다 실패했다. 음악은 듣기만 하고 스스로 노래하지 않으면 별로 재미가 없다. 그래서 어떤 사람들은 음악이 귀가 아닌 목청으로 맛보는 것이라고 말했다. 아름다운 그림도 그 즐거움은 제 손으로 색칠을 한다든가 수집을 하지 않으면 그다지 재미를 모른다. 때문에 인간의 행복은 그저 탐구하고 정복하는 데 있다."

이처럼 아리스토텔레스는 참고 견디지 말고 자진해서 하고, 행복을 맛보려고 하지 말고 행동함으로써 맛보고, 노래도 직접 목청으로 맛보고, 아름다운 그림도 직접 손으로 색칠하고 수집해야 한다고 말합니다.

이는 무엇을 말하는 걸까요. 유쾌하게 자신이 하고 싶은 것을 하고 싶다면, 생각만으로 하지 말고 즐겁게 행해야 함을 말하는 것이지요.

벨은 생각한 것을 멈추지 않고 행동함으로써 전화기를 발명했고, 에디슨 또한 생각에 머무르지 않고 실행함으로써 전구를 발명했지요. 베토벤은 생각한 것을 악보로 옮김으로써 교향곡을 완성시켰으며, 레오나르도 다빈치는 생각한 것을 화폭에 담아 모나리자를 완성시켰으며, 미켈란젤로는 구상한 것을 실행에 옮김으로써 조각상 다비드를 완성시켰지요. 이들이 세계사에 남는 업적을 이룰 수 있었던 것은 자신의 생각을 즐겁고 유쾌하게 실행함으로써 이룬 결과입니다.

그렇습니다. 이 세상에 존재하는 아름다운 결과물은 생각하고 즐겁고 유쾌하게 실행함으로써 이룬 결과입니다.

생각만으로 끝나거나 억지로 하는 일은 그 어떤 것도 결과물을 남길 수 없습니다. 좋은 결과물은 남기고 싶다면 생각한 것을 즐겁고 유쾌하게 최선을 다해 행해야 합니다. 또한 스스로 자진해서 하는 일이야말로 즐거움을 주지요. 그렇습니다. 그 어떤 일을 하더라도 즐겁고 유쾌하게 열심을 다하기 바랍니다.

115

행동하기 전에
먼저 깊이 생각하라

"행동으로 가는 길을 찾아내는 것은 생각의 본성이다."

이는 크리스찬 네빌 보비가 한 말로 행동, 즉 실존적 행위를 이끌어 내는 것은 생각의 역할이라는 것이지요. 다시 말해 생각하기에 따라 실존적 행위도 나타나게 되는 것입니다.

데카르트와 네빌 보비의 말이 생각에 대한 본질이라면, 어떤 생각을 하든 그 생각을 자신의 의지와 신념에 따라 변화시킬 수 있어야 하는 것 또한 생각에 의해서지요. 생각을 자신의 의지에 따라 변화시키는 것에 대해 자기계발 동기부여가 노만 V. 필은 다음과 같이 말했습니다.

"당신의 생각을 바꿔보라. 당신의 세계가 달라질 것이다."

생각을 어떻게 하느냐에 따라 우리의 삶은 달라진다는 것을 잘 알 수 있습니다. 생각에 따라 행동하면 생각하는 대로 결과가 나타나기 때문이니까요. 이에 대해 마하트마 간디는 이렇게 말했습니다.

"인간은 오직 사고의 산물일 뿐이다. 모든 일은 생각하는 대로
되는 법이다."

간디의 말은 인간에게 있어 생각의 힘이 얼마나 큰지를 잘 알게
합니다.

영국의 작가 에드워드 조지 얼리 리튼은 "행동을 시작하기 전에
먼저 생각해야 한다. 생각은 인생의 소금이다"라고 말했는데 간디
의 말을 더욱 분명히 한다는 것을 알 수 있습니다.

그렇습니다. 무슨 일이든 시작하기 전에 충분히 숙고해야 합니
다. 그래야 실수와 실패를 막음으로써 성공할 수 있으니까요.

생각은 모든 것을 이루게 하는 실존적 행위의 근본입니다. 무언
가를 이루고자 한다면 이를 잊지 말고, 자신의 생각에 따라 굳세
게 실천하기 바랍니다.

무슨 일을 할 때 생각에 생각을 거듭한 끝에 시작해도 늦지 않습니다. 생각을 충분히 한
만큼 잘못되어지는 경우는 그만큼 적은 법이니까요. 그렇습니다. 생각은 실존적 행위의
근본입니다.

사랑은 그
사랑만으로도 충분하다

추운 겨울날 길을 가는데
길가 나무숲에서 고양이 세 마리가
서로 몸을 기댄 채 앉아 있었습니다.

고양이는 서로 체온을 모으면
추위를 이겨낼 수 있다고 믿는 듯했습니다.

혼자서는 할 수 없는 것도
여럿이 함께 하면 못할 게 없다는 걸
고양이도 아는 것입니다.

그 모습은 본 후
내 몸에선 뜨거운 열기가 솟는지
내 몸에서
추위가 사라지는 걸 느꼈습니다.

그리고 생각했습니다.
사랑은 서로의 열기를 모아
서로에게 그 열기를 나누는 거라는 것을.

　　이는 나의 〈고양이와 나〉라는 시입니다. 어느 추운 겨울날 길을 가다 길가 나무숲에서 서로의 몸을 기댄 채 앉아 있는 고양이를 보고 쓴 시입니다. 내 눈에 비친 고양이의 모습에서 고양이들이 추위를 이겨내기 위해 서로의 몸을 기대 체온을 모아 그 체온을 다시 서로에 나눈다는 것을 느꼈습니다. 한낱 미물인 고양이도 아는 것입니다. 혼자는 춥지만 여럿이 함께 하면 추위를 이겨낼 수 있다는 것을. 그 모습을 본 후 내 몸에서는 뜨거운 열기가 솟는 듯 했습니다. 그러자 추위가 가시는 듯 마음이 따뜻해졌습니다.
　　그렇습니다. 사랑은 나눌 때 더 커지고 아름다워집니다. 그리고 그 사랑으로 인해 서로는 더욱 행복해지는 것입니다.

사랑을 할 땐 그 사람의 사랑만을 바라보세요. 그리고 서로에게 자신의 사랑을 주세요. 그리고 그가 당신을 얼마나 사랑하는지 그것만 보세요. 그러면 상대도 그리할 것입니다. 진실한 사랑을 하고 싶다면 서로의 사랑을 모아 다시 그 사랑을 나누도록 하세요. 더 큰 사랑으로 가슴이 충만해짐을 느끼게 될 것입니다.

117

진실도 때로는
상처가 될 수 있다

진실한 삶을 산다는 것은 인간에게는 당연한 일입니다. 진실을 추구하지 않는 삶은 그것이 무엇이든 인간성을 황폐화시키는 주된 요인으로 작용하기 때문이지요.

그런데 진실을 추구하는 삶을 산다는 것은 당연한 일임에도, 때때로 진실을 벗어나 스스로에게 고통이 되기도 하고, 양심을 저버림으로써 타인에게 고통을 주기도 합니다. 진실한 삶을 살기 위해서는 법과 질서를 지켜야 하고, 책임과 의무를 다해야 함은 물론 양심에 반하지 않아야 합니다.

이처럼 진실을 지키며 산다는 것은 많은 제약이 따르지만, 제약을 감내하고 지킬 때에만 진실은 통하는 법이지요. 여기서 한 가지 분명히 해야 할 것은 진실도 때론 상처가 될 때가 있다는 것입니다. 본의 아니게 오해를 받을 때도 있고, 자신은 진실로 대하는데 상대는 거짓으로 자신을 대하기도 하니까요. 이럴 때 마음이 아프기도 하고 화가 나기도 합니다. 이에 대해 소설 《좁은 문》으로 잘 알려진 앙드레 지드는 이렇게 말했습니다.

"진실도 때로는 우리에게 상처가 될 수도 있다. 하지만 그것은 머지않아 치료를 받을 수 있는 가벼운 상처이다."

진실이 때로는 상처를 주지만 그 상처는 가벼운 상처이기에 곧 치유할 수 있다는 것이 앙드레 지드의 생각입니다. 나는 앙드레 지드의 말에 공감합니다. 나 또한 진실을 따르다 믿었던 이에게 상처를 받은 적이 있기 때문입니다. 하지만 그가 자신의 잘못을 인정하고 용서를 빌었을 땐 아픔이 눈 녹듯 사라졌습니다.

이처럼 진실은 때론 상처를 주기도 합니다. 그러나 그 상처는 가볍고 쉽게 치유가 되는 상처입니다. 따라서 상처가 된다고 해서 진실을 외면해서는 안 됩니다. 진실은 반드시 추구해야 하는 삶의 본질이니까요.

진실도 상황에 따라 아픔을 주고 상처가 되기도 합니다. 하지만 그렇다고 해서 진실을 외면해서는 안 됩니다. 진실은 때로 오해를 사지만 변하지 않는 삶의 본질이니까요. 그렇습니다. 진실은 영원한 진실일 뿐입니다.

만족을 얻는
지혜로운 방법

물질이 차고 넘치도록 풍족해도 만족하지 못하는 사람들이 있습니다. 지위가 높고 무소불위의 권세를 누려도 만족하지 못하는 사람들도 있습니다.

왜 이런 현상이 생기는 걸까요. 물질과 지위와 권세가 그 사람들의 마음을 평안하게 해주지 못하기 때문입니다. 마음이 평안하지 않으면 어떤 상황에서도 절대로 만족할 수 없습니다.

그런데 가진 게 없어도, 지위가 없고 권세가 없어도 만족하며 행복해하는 사람들이 있습니다. 이들은 부족한 것을 부족하다고 여기지 않을 뿐만 아니라 그것마저도 감사하게 생각합니다. 이들이 그렇게 생각하는 것은 마음을 평안히 하고 스스로 자족할 줄 알기 때문이지요.

물질이 있고 없고, 지위가 높고 낮고, 권세가 있고 없고를 떠나 만족을 얻는 지혜로운 방법에 대해 미국의 심리학자 바바라 골든은 이렇게 말합니다.

"오래전부터 내려오는 현인들의 격언을 보면 남을 섬기는 삶 속에서 참된 기쁨과 행복을 찾을 수 있다는 공통적인 메시지를 발견할 수 있다. 다른 사람들에게 인정받거나 감사의 말을 듣기 위한 겉치레가 아니라 마음에서 우러나와 다른 사람을 섬겼을 때 진정한 기쁨을 느낄 수 있다는 것이다. 진심으로 사랑을 실천할 수 있는 방법을 찾아라. 크고 거창할 필요는 없다. 작은 것부터 시작하고 그 행동이 당신의 인생을 어떻게 변화시키는지 지켜보라."

바바라 골든의 말의 핵심은 타인을 섬기는 삶, 즉 이타적인 마음을 갖고 행동할 때 만족하게 되고, 그로 인해 행복하다는 것을 의미합니다. 그의 말은 매우 타당성을 지닙니다. 봉사를 하거나 누군가에게 도움이 되었을 때 행복하다고 말하는 사람들이 많기 때문입니다.

그렇습니다. 자신만을 위해 사는 행복이 50점이라면 남에게 도움을 주었을 때 행복은 100점이거나 그 이상이지요. 자신과 자신이 도움을 준 사람 모두 행복하기 때문입니다.

살면서 만족을 얻는다는 것, 그것은 누구나 바라는 일입니다. 그러나 만족은 그냥 오지 않습니다. 만족을 얻을 만한 일을 할 때 비로소 만족을 얻는 것이지요. 만족한 삶을 살고 싶다면 자신을 돕듯 남을 도와주는 일을 즐겁게 하기 바랍니다.

119

참된 인생을 사는
가치 있는 삶의 자세

생각할 시간을 가져라
기도할 시간을 가져라
웃는 시간을 가져라

그것은 힘의 원천이다
그것은 세상에서 가장 큰 힘이다
그것은 영혼의 음악이다

놀 시간을 가져라
사랑하고 사랑받는 시간을 가져라
남에게 주는 시간을 가져라

그것은 영원한 젊음의 비밀이다
그것은 하나님께서 주신 특권이다
이기적이 되기에는 하루가 너무 짧다

독서할 시간을 가져라
다정하게 될 시간을 가져라
일할 시간을 가져라

그것은 지혜의 원천이다
그것은 행복에 이르는 길이다
그것은 성공의 대가다

자선할 시간을 가져라
그것은 하나님 나라에 이르는 길이다

이는 인도 캘커타 어린이집 표지판에 있는 글로, 이 글을 보면 진정으로 자신을 위해서는 생각할 시간을 갖고, 기도할 시간을 갖고, 웃는 시간을 갖고, 놀 시간을 갖고, 사랑하고 사랑받는 시간을 갖고, 남에게 주는 시간을 갖고, 독서할 시간을 갖고, 다정하게 될 시간을 갖고, 일할 시간을 갖고, 자선할 시간을 가져야 한다고 말합니다.

사실 이렇게 살기란 쉽지 않습니다. 하지만 자신의 참된 인생을 위해서는 그렇게 해야 합니다. 저절로 잘되는 그 어떤 인생도 없는 법이니까요.

모든 인생은 자신이 노력하는 만큼 대가를 받게 되어 있습니다.

그런데도 사람들 중엔 지극히 평범한 진실을 외면한 채 쉽게만 살아가려고 합니다. 그러나 쉽게 살려고 하면 할수록 삶은 자신이 원하는 방향으로부터 점점 멀어지게 되는 경우를 종종 겪게 됩니다.

특히 캘커타 표지판 글 중 자선하는 것이야말로 최고로 가치 있는 일이라고 할 수 있습니다. 마더 테레사 수녀나 슈바이처가 세계의 모든 이들에게 감동을 주고 존경을 받을 수 있는 것은 가치 있는 삶을 위해 살았기 때문이지요. 그렇다고 해서 모두 테레사 수녀나 슈바이처가 되라는 것은 아닙니다. 적어도 자신에게 부끄럽지 않은 인생을 살라는 말이지요.

그렇습니다. 인생은 누구에게나 단 한 번밖에 쓸 수 없는 '라이프 다이어리'입니다. 이 소중한 인생 노트를 함부로 쓸 수는 없습니다. 정성껏 꼭꼭 채워 써야 합니다. 그것이 자신에게 주는 최고의 가치이자 선물이니까요.

✉

자신을 무가치한 인생으로 만들고 싶은 사람은 없을 겁니다. 그럼에도 자신을 태만히 하는 사람들이 있습니다. 이는 자신을 무가치한 인생으로 만드는 것입니다. 가치 있는 인생은 가치 있는 일을 통해 만들어집니다. 그렇습니다. 가치 있는 인생은 가치 있는 노력에서 오는 것입니다.

120

마지막에
깨닫게 되는 것들

인간은 동전의 양면성을 지닌 대표적인 동물입니다. 똑똑할 땐 더없이 똑똑하지만, 어리석어도 인간만큼 어리석은 동물은 없기 때문이지요. 제 꾀에 제가 넘어가는 존재가 바로 인간이니까요.

인간의 어리석음을 잘 알게 하는 예를 본다면 인간은 사랑하는 사람을 떠나보내고서야 그 사람이 진정한 사랑이라는 걸 느끼고 뒤늦게 눈물짓기도 하고, 소중한 친구와 헤어지고 나서야 친구의 소중함에 후회하기도 하고, 잘못인 줄 알면서도 탐욕으로 인해 일을 저지르고 탄식하기도 하지요.

지금 인류는 절체절명의 위기에 놓여 있습니다. 2020년 초 전대미문의 코로나 19의 출현 이후 지금도 코로나 19를 종식시키지 못한 채 보내고 있습니다. 이 모든 것의 원인은 인간의 탐욕이 빚은 결과지요.

매년 우리나라 여의도 면적의 수십 배가 넘는 지구의 허파라는 아마존강 유역의 천연자연림을 비롯해 세계 도처에서 나무숲이 사라지고 있습니다. 그로 인해 산소가 부족해지고 세계 곳곳에서 뿜어져 나오는 이산화탄소로 인해 지구온난화가 매우 심각한 지경에 이르렀습니다. 온난화로 인한 이상기온 현상으로 상상을 초월한 재난이 잇따르고, 수많은 사람이 죽고, 천문학적인 재산상 손실을 보고 있습니다.

또한 사람들의 이기로 수많은 동물들이 죽어가고, 그로 인해 해충이 창궐을 하고, 지금껏 볼 수 없었던 바이러스들이 생겨나 사람들을 공격하고 있습니다. 그 대표적인 것이 코로나 19로 전 세계를 충격으로 몰아넣었지요. 2022년 9월 기준 6억 명이 넘는 확진자와 약 6백만 명의 사망자가 발생하는 등 그야말로 21세기 역사상 인류 최악의 상황에 놓여 있습니다.

눈에 보이지 않는 바이러스에 최첨단 과학도 힘을 쓰지 못하고, 인류의 모든 기술을 접목시켜도 마찬가지입니다. 다행히도 백신과 치료제가 나왔지만 바이러스를 완전히 퇴치시킬지는 지켜봐야 할 일입니다.

탐욕으로 가득 찬 인류에게 정문일침頂門一鍼과도 같은 말이 있습니다.

"마지막 남은 나무가 베어진 뒤에야, 마지막 남은 강물이 오염된 뒤에야, 마지막 남은 물고기가 붙잡힌 뒤에야, 그제야 그대들은 깨닫게 되리라. 사람은 돈을 먹고 살 수 없다는 사실을."

이는 북미 최후의 크리족 인디언 시애틀 추장이 한 말로 깊이 새겨 실천해야 합니다. 그래야 망가진 자연을 복원시키고 인류가 평탄한 삶을 누릴 수 있을 테니까요.

그렇습니다. 우리는 지구에 대해 자연에 대해 깊이 반성하고 도리를 다해야 하겠습니다.

인간의 어리석음은 지금이란 순간이 영원히 이어질 거라고 믿는 것입니다. 그러나 마지막이 되어서야 그게 아니라는 걸 깨닫고는 가슴을 치지요. 이는 인간이 신이 되지 못하는 이유입니다. 우리는 자연 앞에 겸손하고 훼손하지 않음으로써 그 고마움에 감사해야 할 것입니다.

꿈을 이루고 싶다면
간절히 원하고 실천하라

　브라질 출신 세계적인 작가 파울로 코엘료는 대표작《연금술사》로 우리에게 매우 친숙한 사람입니다. 코엘료는 작가가 되기 전에 록밴드를 결성해 120여 곡을 써서 브라질 록 음악에 막대한 영향을 끼쳤으며, 저널리스트, 배우, 희곡작가, 연극 연출가, 텔레비전 프로듀서 등 다양한 분야에서 일했습니다.

　그가 다양한 분야에 영역을 넓혀나갈 수 있었던 것은 자신이 하는 일을 소중히 하고, 사람들을 만날 때도 흐트러지지 않는 모습으로 믿음을 주고, 무엇보다 자신이 하는 일에 철저했기 때문입니다. 그리고 다양한 분야에서 성공적인 삶을 살았던 이들의 경험을 배우고 익혀 자기화했다는 데 있습니다.

　다양한 경험을 쌓은 그는 작가가 되기로 결심하고 스페인으로 여행을 떠났고, 여행에서 얻은 경험을 소재로 해서 소설《순례자》를 썼습니다. 그 후 그는 세계 곳곳을 여행하며 꾸준히 새로운 소재를 찾기 위해 역동적으로 자신을 독려했습니다. 그리고 마침내 자신의 출세작인《연금술사》를 썼으며, 이 소설은 전 세계적으로

3,000만 부나 팔리며 초베스트셀러가 되었지요. 그로 인해 그는 세계적인 작가의 반열에 오를 수 있었습니다.

코엘료는 프랑스 정부로부터 '레지옹 도뇌르' 훈장을 받았습니다. 그리고 그는 브라질에 '코엘료 인스티튜트'라는 비영리단체를 설립해 빈민층 어린이와 노인들을 위한 자선사업을 벌이고 있습니다. 또한 그는 유엔평화대사로 활동했습니다. 한마디로 그는 누구보다도 치열하게 살아왔고, 자신이 원하는 바를 이룬 행복한 사람입니다.

코엘료는 "무언가를 간절히 원할 때 온 우주가 소망이 실현되도록 도와준다"고 말했습니다. 자신이 원하는 것을 이루어 행복한 인생을 살고 싶다면 타인의 소중한 경험을 배우고 익혀 자기화해야 합니다. 그리고 간절히 원하되 죽을 듯이 열정을 다 바쳐야 합니다. 그것만이 가장 확실한 성공 비책이니까요.

타인은 자신의 거울과 같은 존재입니다. 타인이 하는 것 중 자신에게 유익이 될 수 있는 것은 다 배워야 합니다. 특히 성공적인 인생을 살았던 사람들은 훌륭한 인생 교과서입니다. 그들의 경험은 자신에게 훌륭한 삶의 지표가 됨을 가슴에 새겨 실행하기 바랍니다.

인생의 유능한
선장이 되는 비결

　백수왕 사자 어미는 새끼를 낳으면 높은 언덕으로 데리고 가 밀어버린다고 합니다. 그래서 언덕을 기어 올라오는 새끼만 받아들여 기른다고 합니다. 어렸을 때부터 강한 근성을 기르고, 체력을 기르고, 용맹성을 기르기 위해서이지요. 이렇게 해서 길러진 새끼 사자는 어렸을 때부터 자기의 존재를 깨닫고 스스로 강해지기 위해 노력한다고 동물학자들은 말합니다.

　한낱 미물인 사자도 아는 것입니다. 백수의 왕으로 아프리카 숲에서 살아가기 위해서는 그 어떤 힘든 고통도 이겨내야 한다는 것을 말이지요. 사자가 백수의 왕이 될 수 있는 것은 그 어떤 동물에게도 밀리지 않는 용맹함에도 있지만, 사회성이 강해 위계질서를 이루며 산다는 데 있습니다. 또한 사자는 배가 부르면 아무리 먹잇감이 옆에서 왔다 갔다 하더라도 공격하지 않습니다.

　수사자는 무리를 지키기 위해 타 지역 사자의 공격을 막아내야 하고 코끼리와 들소와 같은 덩치 큰 동물들과도 맞서 싸워야 합니다. 수사자는 수시로 싸움을 해야 하는 운명을 갖고 태어난 동물이기에 그 어떤 고난에도 물러서는 법이 없습니다. 이것이 사자가 백수의 왕이 될 수밖에 없는 이유입니다.

사람 또한 마찬가지입니다. 수많은 고난을 이겨낸 사람은 그 어떤 고난을 만나도 좌절하거나 포기하지 않습니다. 그래서 이런 사람들 중엔 유능한 선장, 즉 리더가 되는 사람들이 많습니다. 이에 대해 영국의 중세 시인 사무엘 다니엘은 이렇게 말했습니다.

> "좋은 선장은 육지에 앉아서 될 수 없다. 바다에 나가 거친 폭풍을 만난 경험이 유능한 선장을 만든다."

그렇습니다. 인생의 유능한 선장은 편안한 가운데서 될 수 없습니다. 고난과 역경을 극복함으로써 그 어떤 난관도 뚫고 갈 수 있어야 될 수 있습니다. 만일 당신이 인생의 유능한 선장을 꿈꾼다면, 스스로 강해지고 굳건해져야 함을 잊지 말아야 하겠습니다.

인생을 잘 살아가고 싶다면 고난과 시련을 두려워하지 말아야 합니다. 고난과 시련을 통해 삶의 의지와 용기, 지혜가 길러지니까요. 고난과 시련은 인생의 유능한 선장이 되게 하는 필수 요소입니다.

타인에게 관대하고
자신에게는 엄중하라

"현자는 자기 자신에게 엄격하지만 남들한테는 아무것도 요구
하지 않는다."

이는 공자가 한 말로 현자는 자신에게 엄격하지만, 타인에게는
아무것도 요구하지 않는다는 것을 알 수 있습니다. 또한 현자는
자신에게 엄중하지만, 무지한 자는 자신에게 관대합니다. 그리고
현자는 언제나 자신의 처지에 만족하며 남을 비난하지 않습니다.
하지만 무지한 자는 자신의 처지를 비관하고, 잘못한 것은 남의
탓으로 돌리는 데 익숙하지요.

그렇습니다. 이것이 현자와 무지한 자의 차이입니다.

보통 사람들이 자신을 불행하다고 여기는 것은 스스로를 인정
하지 않기 때문입니다. 자신의 노력 부족에서 오는 불만족한 일도
남의 탓이나 환경 탓으로 돌리고, 자신의 떡을 남의 떡보다 작다
고 여기지요. 이러한 편협된 생각이 자신을 불행하다고 여기게
하는 것입니다. 이처럼 잘못된 생각의 함정으로부터 벗어나야 합

니다. 그렇지 않으면 항상 자신을 무지한 자로 전락시켜 버리니까요.

공자는 이런 사람들의 속성을 일찍이 깨우쳤기에 자신에게 엄격하고 타인에게는 관대하라고 했습니다. 자신에게 엄격한 사람은 모든 것을 자신의 탓으로 여겨 그만큼 실수를 줄이게 되고 현명한 길을 가는 것입니다.

동서고금을 막론하고 자신의 인생을 성공적으로 살았던 이들은 하나같이 자신에게 엄격하고 타인에겐 관대했다는 걸 알 수 있습니다. 그랬기에 그들은 고난의 파도가 밀려와 풍파를 일으켜도 굳세게 이겨냈고, 사람들로부터 깊은 존경을 받았습니다.

누구나 현자가 될 수는 없습니다. 그 길은 많은 공부를 하고 수양을 쌓아야 하며, 수많은 고통을 감내해야 하기 때문이지요. 그러나 현자와 비슷하게는 살 수 있습니다.

그렇습니다. 그것은 자신에게는 엄격하고 타인에겐 관대함으로써 삶의 실수를 줄이고, 자신에게 만족하고 타인에게 유익함을 주는 삶을 사는 것이니까요. 우리는 누구나 그런 존재가 되어야 하겠습니다.

자신에게 엄격한 사람은 그 어떤 것도 소홀히 하지 않으며, 무엇을 하든 신중하게 생각하고 행합니다. 또한 자신의 실수에 대해 변명하지 않으며 두 번 다시는 같은 실수를 반복하지 않습니다. 그리고 타인에게는 너그럽고 자애롭습니다. 자신에게 엄격하되 타인에겐 관대하기 바랍니다.

아무것도 보지 못하는
질투의 눈

　인간이 지닌 품성 중 질투는 가장 경계해야 합니다. 질투는 불행을 낳는 씨앗이니까요. 인류 역사의 모든 불행은 질투가 빚어낸 결과이지요. 질투에 빠지게 되면 마음의 눈이 어두워져 사리분별이 흐려지고, 감정이 활화산처럼 타올라 물불을 가리지 않고 행동하다 급기야 스스로는 물론 상대에 해악을 끼치게 되지요. 질투가 얼마나 사악하고 무서운 것인지를 잘 알게 하는 말입니다.

　"쇠가 녹슬어 없어지듯이 질투심은 자신의 격정에 의해 마음이
　지치고 정신적으로 황폐화되는 것이다."

　고대 그리스 철학자 안티스테네스가 한 말로, 질투는 정신을 황폐화시키는 무서운 마음의 독(毒)이라는 걸 알 수 있습니다. 독이 뼈와 살을 썩게 해서 죽음에 이르듯 질투는 삶을 썩고 병들게 하는 파멸의 독인 것입니다.

"질투로 인해 행복해지는 사람은 없다."

스페인 철학자 발타자르 그라시안의 말로 질투는 행복을 가로 막는 불행의 씨앗이지요. 질투가 휘몰아칠 때 행복은 저 멀리 연기처럼 사라져 버리고 남는 건 불행의 잿더미뿐이지요.

"질투는 사람의 감정 중 가장 오래간다. 질투는 휴일이 없다. 질투는 가장 사악하고 비열한 감정이다. 이 감정은 악마의 속성이다."

영국의 평론가이자 수필가인 프란시스 베이컨이 한 말로 질투는 가장 사악하고 파렴치하고 악마의 속성을 가진 품성이라는 걸 알 수 있습니다. 그만큼 질투는 무서운 감정이며, 자신은 물론 모두를 파멸로 이끄는 불행의 핵폭탄과 같은 것이지요.

질투는 천 개의 눈을 가졌다 해도 아무 소용이 없습니다. 한 가지라도 제대로 볼 수 없으니까요.

그렇습니다. 질투는 반드시 뽑아내야 할 마음의 독인 것입니다.

질투는 이성을 흐리게 하는 검은 연기와 같습니다. 연기가 자욱하면 앞에 무엇이 있는지 볼 수 없듯, 질투는 이성을 무너뜨리고, 자신에게도 타인에게도 화를 일으키는 파멸의 독입니다. 어느 것에도 도움이 되지 않는 질투, 마음으로부터 반드시 뽑아내야 하겠습니다.

꽃은 자신이
아름답다 하지 않는다

꽃은
자기가 아름답다고
결코 말하지 않습니다.

꽃은
자기를 보아주지 않아도
결코 슬퍼하거나
분노하지 않습니다.

꽃은
자기에게
향기로운 가슴이 있다고
결코 내보이지도 않습니다

꽃은

있는 그대로의 모습으로

즐거움을 주고

기쁨이 되고

사랑이 됩니다

꽃이 아름다운 이유는

꽃은

꽃 그 이상도 그 이하도

결코 바라지 않기 때문입니다

이는 나의 시 〈꽃이 아름다운 이유〉입니다. 꽃은 피어 있음으로
해서 사람들로부터 사랑을 받습니다. 대자연의 질서 속에 한갓 꽃
들도 이러할진대 사람들 세계에선 갖은 위선과 허위로 자신을 포
장하고, 손해를 끼치고, 사람 이하의 행위를 서슴지 않는 사람들
이 있음을 볼 땐 비애감마저 듭니다.

꽃과 같은 사람, 꽃보다 아름다운 사람이 많은 세상이 가장 아
름다운 세상입니다.

사람들이 꽃을 좋아하는 것은 사람들을 기분 좋게 하는 향기 때문입니다. 또한 사람들
의 눈을 즐겁게 하는 갖가지 색깔의 꽃잎 때문이지요. 이렇듯 꽃은 사람들이 자신을 좋
아하게 만듭니다. 사람 또한 꽃처럼 자신을 좋아하게 하기 위해서는 사람의 향기를 풍
겨야 합니다. 사람답게 사는 것, 그것이 사람의 향기이지요.

큰 불행을 작게 만드는
현명한 사람

　살면서 행복하기만 하면 얼마나 좋을까요. 그런데 그렇지 않은
게 인생입니다. 살다 보면 자신의 실수로 불행을 초래할 수도 있
고, 뜻하지 않게 불행이 찾아올 수도 있습니다. 이는 사람이기에
인력으로는 어찌지 못하는 일이지요.

　여기서 우리는 중요한 사실을 인지해야 합니다. 같은 어려움을
만나도 어떤 사람은 아무렇지도 않게 여기며 어려움을 극복하기
위해 노력합니다. 하지만 또 다른 사람은 한숨을 짓고 눈물을 흘
리는가 하면 마치 인생이 다 끝난 것처럼 절망합니다. 같은 상황
에서도 사람에 따라 엄청난 차이를 보입니다.

　왜 이런 현상이 나타나는 걸까요.

　그것은 개개인의 성격과 마인드에서 나타나는 현상이지요. 긍
정적인 마인드를 가진 지혜로운 사람은 불행을 불행이라 생각하
지 않습니다. 그것은 단지 자신이 짚고 넘어가야 할 일이라고 여
기는 것이지요. 그러니까 자신의 인생에서 겪고 가야 할 일이라고
여깁니다. 하지만 부정적인 마인드를 가진 사람은 전전긍긍하며

어떻게 할 줄을 모르지요. 그리고 자신을 불행한 사람이라고 말합니다.

그렇다면 문제는 간단합니다. 긍정적인 마인드로 자신을 철저하게 무장하는 것입니다. 마인드가 탄탄하면 뿌리 깊은 나무가 거센 태풍을 이겨내듯 그 어떤 고난도 능히 이겨냄으로써, 큰 불행도 작게 만드는 것입니다. 이에 대해 R. 로시푸코는 이렇게 말했습니다.

"행복과 불행은 크기가 미리부터 정해져 있는 것은 아니다. 다만 그것을 받아들이는 사람의 마음에 따라서 작은 것도 커지고 큰 것도 작아질 수 있는 것이다. 가장 현명한 사람은 큰 불행도 작게 처리해 버린다. 어리석은 사람은 조그만 불행을 현미경으로 확대해서 스스로 큰 고민에 빠진다."

그렇습니다. R. 로시푸코의 말처럼 현명하고 긍정적인 마음을 갖는 것, 그것이 큰 불행도 작게 만들고 행복해지는 비결입니다.

현명한 사람은 큰 불행도 작게 만드나, 어리석은 사람은 작은 불행도 크게 만듭니다. 불행의 크기는 그 불행을 어떻게 받아들이냐에 따라 달라지지요. 그렇습니다. 큰 불행도 작게 생각하고 노력하면 아무것도 아닌 것이 되고 맙니다.

행복한 사람
불행한 사람

　인생을 행복하게 하는 것은 아주 다양합니다. 어떤 사람은 자신의 취미생활을 통해 행복을 느끼고, 어떤 사람은 봉사활동을 통해 행복을 느끼고, 어떤 사람은 종교 생활을 통해 행복을 느끼고, 어떤 사람은 먹는 것을 통해 행복을 느끼고, 어떤 사람은 가르침을 통해 행복을 느끼고, 어떤 사람은 배움을 통해 행복을 느끼고, 어떤 사람은 작고 소소한 일에서 행복을 느낍니다.

　자신을 행복하다고 여기는 사람에게는 한 가지 공통점이 있는데, 행복한 까닭에 불행을 생각해 본 적이 없다는 것입니다. 그래서 남들이 불행이라고 여기는 것도 다 행복을 위한 당연한 일로 여기는 것이지요. 나아가 매사를 행복하게 생각하는 사람은 늘 시간이 짧다고 말합니다.

　그러나 자신을 불행하다고 생각하는 사람은 사는 게 지루하다고 말합니다. 그러다 보니 좋은 걸 봐도 좋다고 느끼지 못하고, 멋진 풍경을 봐도 심드렁하게 여기고, 기쁜 일을 겪어도 크게 웃을 줄도 모르고, 맛있는 걸도 먹어도 즐거움을 모르고, 남들이 조언을 해도 자존심 상해합니다.

단지 그가 하는 말이라고는 "난 할 수 없어.", "난 왜 이렇게 운이 없을까.", "난 태어나지 말았어야 해.", "오늘은 또 무엇을 하며 하루를 보낼까.", "난 불행을 타고난 사람인가 봐.", "남들은 안 그런데, 난 왜 지지리도 복이 없을까." 하는 등 불평불만뿐이지요. 이러니 자신을 불행하다고 여기는 것은 당연하지요.

행복한 사람으로 살아가기 위해서는 자신을 행복하게 하는 일에 열정을 바쳐야 합니다. 가만히 있는데 찾아오는 행복은 없으니까요.

그렇습니다. 자신을 행복하게 하고 싶다면 늘 좋은 생각만 하고, 늘 행복을 꿈꾸며 행복하게 자신을 만들어야 합니다. 그것이 행복한 사람이 되는 최선의 방법이니까요.

행복한 사람은 행복하기 때문에 언제나 시간이 짧다고 느낍니다. 하지만 불행한 사람은 불행으로부터 벗어나기 위한 생각으로 길다고 느끼지요. 인생이 짧다고 느끼는 사람이 야말로 진정으로 행복한 사람입니다.

128

마음을 닦고 가꾸어야
탈이 적은 법이다

사람들은 몸은 열심히 씻지만, 정작 씻어야 할 마음은 잘 씻지 않는 것 같습니다. 마음이 정결하고 마음의 눈이 밝아야 세상을 보는 눈도 따뜻해지고, 사람을 대하는 자세도 달라지고, 삶을 대하는 자세도 달라지고, 생각하는 깊이도 더욱 깊어지는 법이지요. 마음의 눈이 맑고 밝아야 함에 대해 《채근담》에는 다음과 같은 말이 있습니다.

"귀는 고운 소리를 듣고, 눈은 아름다운 빛깔을 본다. 하지만 이 눈과 귀는 밖에 있는 도둑이다. 그리고 속에 있는 욕심이나 야심은 안에 숨어 있는 도둑이다. 그러나 우리의 본심만 꿋꿋하면 그 도둑들은 얼씬도 못한다."

이 말은 눈이 보지 말아야 할 것을 보고, 귀가 듣지 말아야 할 것을 듣고, 욕심과 야심이 마음에 숨어 있어도 본심本心, 즉 본바탕이 맑고 깨끗하면 죄를 짓지 않음을 뜻하는 말이지요.

또한 장자莊子는 이렇게 말했습니다.

"사람마다 마음이 하나로 통일되면 모든 행동도 하나로 통일된다. 그러므로 그 행동이 흐트러지지 않는다."

장자의 말 역시 마음이 하나로 통일이 되면, 즉 마음이 흐트러지지 않고 올곧으면 행동 또한 그리하여 함부로 행동하거나 그로 인해 잘못되는 일이 없음을 의미하는 것이지요.

그렇습니다. 거울에 먼지가 끼면 잘 안 보이고, 머리와 수염을 깎지 않으면 말끔하지 않듯 책을 읽지 않고, 사색하지 않으면 마음이 녹슬어 올바른 행동을 못하게 되지요. 늘 몸과 마음이 맑고 밝아지도록 책을 읽고 마음을 가다듬어 올곧게 하기 바랍니다.

자신이 한 일에 대해 늘 살펴보고 잘못된 것은 고쳐야 합니다. 마음이 깨끗해야 진정으로 깨끗한 것이니까요. 마음을 맑고 바르게 하기 위해서는 책을 읽고, 사색을 통해 정신을 맑게 해야 하겠습니다.

129

우리에게
인생이란 무엇인가

인생을 살다 보면 세상이 온통 자기만을 위한 듯 기쁜 일도 있고, 하늘이 무너져 내리는 듯 슬픈 일도 있습니다. 또한 가슴 벅찬 일도 있고 가슴이 먹먹해지는 일도 있습니다. 인생이란 희로애락喜怒哀樂의 사이클 속에서 돌고 돕니다.

그런데 같은 상황에서도 어떤 사람은 잘 헤쳐 나가는데, 어떤 사람은 방황하고 갈등하며 힘들어합니다. 이는 신념이 있느냐 없느냐의 차이에서 오는 현상이지요.

신념이 있다면 최악의 상황에서도 쓰러지지 않고 자신을 잘 이끌고 갑니다. 그러나 신념이 없다면 자신을 이끌고 갈 수 없어 쓰러질 수밖에 없습니다.

"자기 자신을 믿고 큰 꿈을 꾸면 이루지 못할 것이 없다."

이는 미국의 작가이자 강연자인 지그 지글러의 말입니다. 지글러의 말에서 보듯 자신을 믿는 것이야말로 인생을 가치 있게 살아갈 수 있는 원동력입니다. 그러기에 자기의 할 일을 발견하고 자기가 하는 일에 신념을 가진 자는 행복할 수밖에 없지요. 행복한 인생이 되고 싶다면 신념을 갖고, 매사에 당당하게 해나가야 합니다. 삶이란 신념을 갖고 가치 있게 살려고 하는 자에게는 빛과 같지만, 아무렇게나 살려고 하는 자에게는 흑암黑暗과 같으니까요.

그렇습니다. 인생은 기쁨과 슬픔이 늘 공존하고, 좋은 일과 나쁜 일이 공존합니다. 이런 인생길에서 행복하게 잘 살아가기 위해서는 신념을 갖고, 진리 안에서 거침없이 당당하게 살아가는 것입니다. 그렇게 될 때 누구나 자기만의 가치 있는 삶을 살게 될 테니까요.

누구나 '인생이란 무엇인가?'라는 생각을 할 때가 있습니다. 그런데 확실하게 '인생이란 이런 것이다'라고 말하지 못하는 걸 보면 인생이란 길을 가기가 쉽지만은 않다는 것의 방증이지요. 그러나 분명한 것은 진리 안에서 신념을 갖고 가치 있게 사는 것이지요. 물론 그렇게 산다는 것은 쉽지 않습니다. 그래도 그렇게 해야 합니다. 그것이 인간의 숙명이며 도리이니까요.

선택은 언제나
자신만이 할 수 있다

"우리는 머리 위로 날아다니는 새들을 물리치지는 못한다. 그러나 내 머리 위에 집을 짓는 것은 막을 수 있다."

종교개혁가 마르틴 루터의 말엔 강한 의지가 담겨 있습니다. 머리 위로 나는 새는 인간의 영역을 벗어난 것이지만, 새가 자신의 머리에 집을 짓는 것은 인간의 영역이기에 자신의 의지로 얼마든지 막을 수 있으니까요. 다만 그대로 두느냐 아니냐 하는 것은 선택에 문제지만.

인생을 살아가다 보면 우리는 누구나 선택의 기로에 서게 됩니다. 이것을 해야 할까, 아니면 말아야 할까, 하는 등의 문제에 봉착하게 되니까요.

그런데 여기서 중요한 것은 자신의 의지에 따라 선택해야 한다는 것입니다. 물론 남이 조언을 하고 도와줄 수는 있어도 선택의 결정권자는 바로 자신이니까요.

마르틴 루터가 목숨을 걸고 종교개혁을 단행한 것은 그의 의지적 선택이었습니다. 종교의 본질을 벗어난 교황청의 독선과 성직을 팔고 사고, 돈을 받고 죄를 사해주는 썩어빠진 성직자들의 행태는 물론 온갖 비리로 물든 구교(가톨릭)의 타락은 인간을 구원하는 것이 아니라 죄로 이끄는 악마와 같은 형상이었지요. 그 당시 이를 바로잡는다는 것은 목숨을 거는 일이었습니다. 이 일을 마르틴 루터가 했던 것이지요. 그가 이처럼 할 수 있었던 것은 그의 선택이었습니다. 그는 자신의 생각대로 종교개혁을 이뤄냈으며 오늘날 프로테스탄트(개신교)의 발전을 이루는 데 큰 공헌을 했지요.

국내사적으로나 세계사적으로 볼 때 혁명이든 역사적 사건 뒤엔 그 일을 주도한 이의 의지적 선택이 함께 했다는 것을 알 수 있습니다.

그렇습니다. 누구에게나 의지적 선택은 중요합니다. 자신이 어떤 일을 결정함에 있어 마음이 흔들릴 땐 강한 의지와 결단으로 선택해야 합니다. 그렇게 될 때 선택에 대한 실수를 줄이고, 좋은 결과를 얻게 될 테니까요.

자신이 무언가를 할 때 그것을 선택하는 것은 자신의 몫입니다. 그런데 이런 선택권을 남에게 의존한다면 어떻게 될까요. 그것은 스스로 선택권을 포기하는 것과 같습니다. 무슨 일을 할 때 강한 의지와 결단으로 선택한다면, 실패를 줄이고 좋은 결과를 낳게 될 것입니다.

가장 좋은
대응 방법은 침묵이다

지금 우리 사회는 쓸데없는 말들이 넘쳐납니다. 지각없는 정치인들은 자신을 드러내기 위해 근거에도 없는 말을 함부로 해대고, 아무 잘못도 없는 연예인들이 몰지각한 네티즌들의 비난에 아까운 목숨을 끊기도 하고, 고소를 하여 자신의 억울함을 풀곤 합니다. 이는 비단 정치인들이나 연예인에 국한된 것은 아닙니다. 일반인들도 예외가 아니지요. 아무 이유 없이 비난의 대상이 되어 속이 상해 어쩔 줄을 몰라 합니다.

법적 용어 중 묵비권이라는 말이 있습니다. 입을 함구하는 것을 말함인데 이는 자신에게 유리하게 하기 위해서입니다. 살다 보면 아무 잘못도 없이 비난을 받고, 비판의 대상이 되기도 하니까요. 자신이 아무 잘못이 없다면 맞대응하지 말고 침묵으로 일관하는 것 또한 좋은 방법입니다.

"컹컹" 짖어대는 개는 계속 짖을 수 없습니다. 목이 쉬기 때문이지요. 마찬가지로 잘못 없는 비난과 비판은 연기와 같아 곧 사라지고 맙니다. 그리고 그 말을 한 사람은 반드시 그 대가를 치르게 되지요. 이에 대해 영국의 비평가인 존 러스킨은 이렇게 말했습니다.

"어리석고 무지한 인간에 대한 가장 좋은 대응 방법은 침묵
이다."

침묵의 효용성의 가치에 대해 잘 알게 하는 말입니다.

남을 비난하기 좋아하는 사람들은 심지가 얇고, 인격적인 결함
이 있거나 열등의식 등 비이상적인 심리로 인한 경우가 많습니다.
그런데도 자신들이 하는 일이 얼마나 잘못된 일인지도 모릅니다.

사생활을 침해하는 법을 강화시킬 필요가 있습니다. 타인의 인
격을 모독하고 그로 인해 심각한 상황에 이른다면 이는 엄히 심판
해서 다시는 그런 일을 하지 않도록 해야 합니다. 누군가가 비난
하면 할 수 있는 한 침묵으로 이겨내세요. 침묵은 금이라는 말처
럼 침묵은 그 어떤 말보다도 강한 힘을 발휘하니까요.

아무 잘못 없는 사람을 비난하는 것은 그 어떤 일보다도 나쁜 일입니다. 그것은 죄이기
때문이지요. 남이 비난하면 참을 수 있는 한 침묵하세요. 비난하는 자가 스스로 항복할
테까지 침묵으로 이겨내세요. 그러면 비난하는 자가 비난의 올무에 갇히게 될 테니까요.

최선을 다하고
결과는 신에게 맡겨라

인간이 지닌 한계는 유한성입니다. 인간은 저마다 주어진 시간이 다하면 더 이상 존재할 수가 없습니다. 그 이상은 하나님의 영역입니다. 그러기 때문에 자신에게 주어진 시간을 알차게 잘 써야 합니다. 시간을 잘 쓰면 그만큼 인생을 잘 산 것이고, 시간을 잘못 쓰면 그런 만큼 잘못 살았다는 것의 방증이지요.

인생을 성공적으로 살았던 사람들의 가장 확실한 공통점은 자신에게 주어진 인생이란 시간을 하나 낭비됨이 없이 알차게 잘 썼다는 것입니다. 마치 그들은 하루가 24시간이 아니라 48시간 그 이상으로 가치 있게 썼던 것입니다. 그런 까닭에 그들은 자신의 이름을 역사에 영원히 남겼던 것입니다.

사람들은 누구나 자신이 한 일에 대해 성공적인 결과를 기대합니다. 그런데 문제는 그 기대가 너무 커서 자못 스스로를 절망에 이르게 한다는 것입니다. 누구나 성공적인 결과를 얻는다면 문제가 없겠지만, 그렇지 않은 것 또한 인간의 한계이니까요. 하지만 그렇다고 실망할 필요는 없습니다. 자신이 포기하지 않고 시도하는 한 성공의 기회는 얼마든지 있는 법이니까요.

그렇다면 어떤 자세로 임하는 것이 가장 지혜로운 방법일까요.

그것은 자신이 하는 일에 최선을 다하는 것입니다. 그리고 결과는 자신이 믿는 신에게 맡기는 겁니다. 이에 대해 인도의 명상가이자 작가인 인드라 초한은 이렇게 말했습니다.

"아무런 걱정을 할 필요가 없다. 잘되는 일은 잘되도록, 잘되지 않아야 하는 일은 잘되지 않도록 신은 모두 처리해 주신다. 오직, 최선을 다하고 기다리면 된다. 그리고 결과는 신에게 맡기면 된다."

인드라 초한의 말에서 보듯 인간의 화복禍福은 인간의 영역이 아니라 신의 영역입니다. 인간이 할 수 있는 것은 온 힘을 다해 자신의 일을 하는 것입니다. 그리고 결과는 신에게 맡기는 것입니다.

그렇습니다. 이를 마음에 새겨 온 마음으로 실천해야 하겠습니다.

✉

우리가 무엇을 함에 있어 바람직한 자세는 최선을 다하는 것입니다. 최선을 다하면 좋은 결과가 나는 당연한 일이지요. 신은 이런 사실을 누구보다도 잘 알고 있습니다. 그래서 결과는 신에게 맡기면 되는 것입니다.

사랑은 보이지 않는
나를 발견하는 것이다

사람들은 크게 두 부류가 있습니다. 사랑은 자신이 주어야 한다는 쪽과 사랑은 받는 것이라는 쪽이 그것이지요. 어느 쪽이 더 자신을 기쁘고 행복하게 하는지는 경험을 해본 사람만이 압니다.

청마 유치환은 그의 시 〈행복〉에서 사랑은 받는 것보다 주는 것이 더 행복하다고 말했지요. 그리고 러시아의 국민 작가 레프 톨스토이는 이렇게 말했습니다.

"사랑은 아낌없이 주는 것이다."

톨스토이의 말은 다분히 신앙적인 뉘앙스가 풍기지만, 유치환과 일맥상통하다는 것은 부인할 수 없습니다. 그리고 한 가지 분명한 것은 사랑은 받을 때도 행복하지만, 줄 때도 행복하다는 것입니다. 다만 사람에 따라 정도의 차이가 있을 뿐이지요. 그러나 받을 때보다 줄 때의 행복이 더 크고 깊다는 것을 경험자들은 알 것입니다.

왜 그럴까요. 누군가에게 사랑을 준다는 것은 헌신적 의미가 있기 때문이지요. 톨스토이가 말했듯이 아낌없이 준다는 것은 헌신의 의미가 내포되어 있으니까요.

그렇습니다. 진정한 사랑을 원한다면 사랑을 받기보다 자신의 사랑을 주세요. 주다 보면 더 큰 사랑을 주게 되고 그만큼 더 큰 행복을 받게 됩니다. 상대방 또한 자신이 받은 사랑에 감동하여 아낌없는 사랑을 주니까요. 이렇듯 서로를 위해 아낌없이 주는 사랑, 이런 사랑이야말로 가장 빛나고 아름다운 사랑입니다.

사랑을 주면 잃는 것이라고 여기는 사람들이 있습니다. 그러나 이는 매우 잘못된 생각입니다. 사랑은 줌으로써 받는 것입니다. 사랑을 주다 보면 그 안에서 참다운 나를 발견하기 때문이지요. 참다운 나를 안다는 것, 이것이야말로 인생에 있어 가장 큰 수확입니다. 사랑하십시오. 아낌없이 사랑을 주어도 부족한 게 사랑이랍니다.

감사는
미래를 위한 덕행이다

"감사와 고마움이 무럭무럭 자라도록 하라. 그것이 생활의 습관이 되게 하라. 누구에게나 감사하라. 고마움을 잃게 되면, 사람은 행한 일들에 대해 감사하게 된다. 할 수 있었지만 못한 일에 대해서도 고마움을 느낀다. 어떤 이가 도와주면 그대는 고마워하는데 그것은 단지 시작에 불과하다. 그다음에는 누군가가 그대에게 해를 끼칠 가능성이 있는데도 그렇게 하지 않은 것에 감사하게 된다. 상대방이 그렇게 하지 않은 것이 고마운 것이다. 일단 감사에서 생기는 감동은 마음속 깊이 가라앉혀 두면 그대는 모든 것에 고마움을 느끼게 된다. 그리하여 고마움을 느끼면 느낄수록 불평과 투덜거림은 훨씬 더 줄어들게 된다. 불평이 사라지면 고통도 사라진다. 고통은 불편과 더불어 있으며 불평하는 마음도 함께 연결되어 있다. 고통은 감사하는 마음과 공존할 수 없다. 이것이 배울 만한 가장 중요한 비밀들 중에 하나이다."

이는 인도의 사상가 오쇼 라즈니쉬가 한 말로 이 말의 요지는 고마운 일에 대해서는 늘 감사해야 한다는 말입니다. 왜 그럴까요. 그래야 더욱 고마움을 느끼게 되어 잘 살아갈 수 있기 때문이지요.

옳은 말입니다. 고마운 마음에 들 땐 그것이 무엇이든, 그가 누구든 우리는 감사해야 합니다. 이처럼 매사에 감사하면 습관이 되고, 늘 감사를 입버릇처럼 하게 됩니다. 그리고 매사가 즐거워지고 불평과 불만이 사라집니다. 그렇게 되면 삶의 고통도 자연히 사라지게 되지요. 그러고는 감사하며 사는 일이 얼마나 자신을 행복하게 하는지 똑똑히 알게 된답니다.

감사는 축복으로 인도하는 삶의 안내자입니다. 안내자가 이끄는 대로 가다 보면 자신도 모르는 사이 축복의 문에 이르게 됨으로써, 매사를 더욱 감사하게 되지요. 그런 까닭에 미래를 더욱 발전적으로 살게 되는 것입니다.

그렇습니다. 이를 가슴에 새겨 늘 실천하기 바랍니다.

감사를 잘하는 사람이 잘된다는 말이 있습니다. 감사를 잘하는 사람은 매사에 긍정적이고 활발하고 친절하지요. 그리고 무엇에든 적극적입니다. 그러니 어떻게 잘 안 될 수 있을까요. 잘되는 것은 당연한 일이지요. 그렇습니다. 자신이 잘되고 행복하고 싶다면 매사에 감사하고 즐겁게 살기 바랍니다.

마음에
새기면 좋을

인생
20훈

당신에겐 당신의 길이 있고,
나에겐 나의 길이 있다.
올바른 길, 정확한 길,
그리고 유일한 길이라는 것은
존재하지 않는다.
산다는 것은 고통을 겪는 것이고,
살아남는다는 것은 그 고통 속에서
어떤 의미를 찾는 것이다.

_ 프리드리히 니체

01

자신에게 주어진 환경 속에서
최대한 즐겁게 생활하라.

02

인생을 너무 조급하게 생각하지 마라.
조급해서 잘되는 것은 없다.

03

인생의 한 방을 절대 믿지 마라.
그것은 자칫 인생의 함정이 될 수 있다.

04

돈을 보고 일하지 말고
무슨 일이든 자신이 좋아서 하는 일을 하라.

05

친구는 단 세 명이면 충분하다.

첫째,

나의 모든 비밀까지도

공유할 수 있는 친구

둘째,

내가 어려울 때 경제적으로

도움을 줄 수 있는 친구

셋째,

모두가 나를 불신하고 외면할 때

끝까지 나를 신뢰하고 내 편이 되어주는 친구.

06

하고 싶은 일은 반드시 지금 하라.
그렇지 않으면 기회를 놓치고
평생 후회하게 된다.

07

자신의 인생에
빛이 되는 시 한 편을
마음에 담아 때때로 음미하라.

08

쓸데없는 일에 집착하지 말고,
하지 말아야 할 일은 절대 금하라.

09

인생의 멘토를 정해
그의 삶을 따르도록 실천하라.

10

절대로 경거망동하지 말고,
부화뇌동하지 마라.

11

자신만의 철학을 반드시 지녀
삶의 지표로 삼아라.

12

친절하고, 배려하며,
베푸는 삶을 실천하라.

13

배우는 일에 힘쓰고,
배운 것을 삶의 덕이 되게 하라.

14

허세를 부리지 말고 허영심을 멀리하라.

15

남을 비난하고 험담함을 삼가라.
자칫 그것은 화살이 되어
자신에게 날아오게 될 것이다.

16

남에게 피해 주는 그 어떤 일도 절대 금하라.
그것은 쓰레기 같은 짓일 뿐이다.

17

상대방의 말에 귀 기울여 경청하는 미덕을 보여라.
덕이 되어 돌아올 것이다.

18

순리를 따르되 억지로 하려고 하지 마라.
무리하여 억지로 되는 일은 그 어디에도 없다.

19

걱정은 마음을 갉아먹는 부정적 불가사리이다.
걱정을 멀리하고 항상 긍정적으로 생각하라.

20

스스로 자신을 격려하고 의지하되,
교만함을 경계하라.